上様の笠

御庭番の二代目 3

氷月 葵

時代小説
二見時代小説文庫

目次

上様の笠——御庭番の二代目3

第一章　命がけの目安箱《めやすばこ》

一

朝の道を行き交う男達の威勢のいい声が、窓の外から伝わってくる。

神田《かんだ》の須田町《すだちょう》は職人が多く、皆、声も大きい。

宮地加門《みやぢかもん》は、その賑わいを聞きながら、身支度を調《ととの》えていた。今日は通《かよ》っている医学所の講義が休みの日だ。そういう日には、朝から登城することになっている。決まりではないが、それが常になっていた。と、そこに戸を叩く音が響いた。

加門は、はっと身構える。耳をそばだて、気配に集中する。御庭番《おにわばん》の習いとなっている反応だ。

「加門、いるか」

響いたのは田沼意次の声だ。

肩の力がたちまちに抜ける。「おう」と返事をしながら、加門は心張り棒を外して戸を開けた。

春の冷たい外気とともに、意次が笑顔で入って来た。

「いたな、今日は医学所の講義は休みであろう」

二日前、城中で会ったときに、そう告げたことを加門は思い出し、

「ああ、そうだ。だから登城しようと思っていたところだ。どうしたのだ、急に」

と、問う。にっと笑って、意次は腕を叩いた。

「今日は宿直《とのい》明けなのだ。で、久しぶりに道場に行って稽古でもしようと思いついてな。そなたが休みなのを思い出して、誘いに来たというわけだ」

「道場か」

加門と意次が幼い頃から通っていた剣術の道場が木挽町《こびきちょう》にある。徳川家《とくがわけ》の剣術指南役を務める柳生俊平《やぎゅうとしひら》が道場主だ。

「そうだな、それもよいな」

加門も笑顔になると、土間へと下りた。

外に出ると、冷たくはあるが春めいた風が吹き抜けた。

元文《げんぶん》三年（一七三八）。正月が過ぎ、二月の節句もすでに終わった。町にはどこからか、早咲きの梅の香りも漂ってきている。

「道場は久しぶりだろう、どういう風の吹き回しだ」

加門の問いに、意次は神妙な顔になった。

「うむ、そなたは最近、なにかと腕を振るっておろう。まあ、狙われるなど、よいことではないがな。が、わたしとていつなんどき刀を抜くことになるかもしれぬ、とふと思うてな、なまった腕を磨き直そうと考えたのよ」

「なるほど」加門は苦笑する。

「望んで腕を振るっているわけではないが、相手から来られてしまえばしかたがないからな」

「そうであろう……」

二人は頷き合いながら歩く。加門は横目で意次の顔を見て、そうか、と思う。

意次は年末に従五位下《じゅうごいのげ》、主殿頭《とのものかみ》という官位を賜《たまわ》った。父の田沼意行《おきゆき》が与えられていたものだ。意行の死去によって長子の意次が家を継ぎ、西の丸の小姓《こしょう》として将軍世子《せいし》の家重《いえしげ》に仕えるようになったが、当時はまだ十六歳の若さであったために、官位の相続は見送られていた。が、今年で二十歳になるのを考慮されたのであろう、年末に父の官位を継ぐことを認められたのだ。加門はそれを思い起こしながら、意次の横顔を見つめた。

意次も身が引き締まったのだろうな……。そのきりりとした眼を見て、微笑《ほほえ》みが浮かぶ。と、その微笑みをしまって、加門が小さく振り返った。うしろから地面を蹴る足音が近寄って来る。浪人らしい男が、こちらに駆けて来ていた。

「危ないぞ」

そう言って意次の袖《そで》を引くと同時に、浪人は意次にぶつかって、横をすり抜けた。

「なんだ」

ぶつけられた腕を押さえながら、意次も振り返る。あとからさらにもう一人、浪人らしい男が走って来る。

その目は鋭く光っていた。

「殺気だ」

加門は思わずつぶやき、意次の腕を引いて、道を空けた。

追われた男が道を曲がる。追う男もそのあとに続いて辻から姿を消した。

「危ないな、行こう」

加門が走り出すと、意次もそのあとに続いた。

「どうするんだ」

「追っている男は殺す気だ。助けよう」

辻を曲がると、道は丁字路《ていじろ》になっていた。追われていた男は、左右を選び損なって、足を止めている。追う男がそこに迫って来るのを見て、追われた男は、慌てて抜刀《ばっとう》した。追う男も走りながら、刀を抜く。その勢いのまま、白刃《はくじん》を振り上げると、相手に向かって下ろした。

重い音とともに、刃がぶつかる。二度目の音で、追われた男の刀が飛ばされた。

「よせ」

加門の声が上がったのと同時に、追う男の刀が振り下ろされた。追われた男の肩から胸にかけて、その刃が斬りつける。

「やめろ」

意次も声と同時に、白刃を抜く。

追う男は振り向いて、走り寄る二人へと向きを変えた。

「邪魔をするなっ」

怒声を上げる男に、加門も刀を抜いて向き合う。

加門は相手を見極めようと、その目を動かした。相手の身体はひとまわり小さい。

歳の頃は三十半ばか、やせてほお骨が高く、陽に焼けたせいなのか、顔の色が浅黒い。が、目に湛《たた》えた気魄《きはく》は鋭く、容赦《ようしゃ》のない殺気を感じさせる。

加門は意次の前に進み出た。

意次も剣の腕はそれなりだが、ここは道場ではない。真剣で立ち合ったことがないのも知っている。さしたる争いのないこの時代、武士といえど、人を斬ったことなどない者がほとんどだ。

加門は意次を隠すように進み出ると、刀を上段に振りかざした。

それに反応して、相手は身を沈める。

「たぁっ」と声を上げると、男は足元から刀を振り上げた。

すらりと空を斬る白刃を、加門は飛び上がってよける。

横に下りると、加門は柄《つか》を握り直して、刀を横に構えた。男はにやりと笑うと、今度は自ら飛び上がった。

首を狙っている……。加門はそう察すると、斜めに身を躱《かわ》し、落ちてくる刃を逃れる。と、同時に相手の脚を狙って、刀を振り下ろす。

すれすれで男の脚が逃れる。が、そのために体勢を崩して、男は地面に下りてから、転がった。

加門がそれを追うと、男はくるりと立ち上がり、正面から構え直す。

「おおっ」

という声が横から上がる。いつのまにか数人の町人が集まっていた。

「ちっ」

男は野次馬を見ると、舌を鳴らしてうしろへ飛び退いた。同時に顔を巡らせて、自分が斬った男の姿を探した。斬られた男は地面に膝を着き、喘《あえ》いでいる。左の肩から血が滴《したた》り、地面に赤い血だまりを作っていた。

「意次」

加門が振り返ると、「おう」と意次はその男に駆け寄り、今にも崩れそうなその身体を支えた。

斬った男はその様子を見て、

「冥土《めいど》に行きな」

と笑った。

加門はその相手に向かって、刀を中段に構えてじりりと足を踏み出す。男はそれに気づき、あとずさった。周囲を一瞥《いちべつ》すると、刀を鞘《さや》に戻し「ふん」と鼻を鳴らす。と、くるりと背を向けた。

囲んでいた野次馬を突き飛ばすと、走り出す。

「どけっ」

「待て」

加門は思わず声を投げるが、足は止まっていた。それよりも、と斬られた男に駆け寄る。

肩から胸元まで血に染まり、息も荒い。その身体を支えたまま、意次が狼狽《ろうばい》した面持ちで加門を見上げる。

「医学所に連れて行こう」

加門はしゃがみ込むと、男の右腕を取って自分の肩に回した。意次は左の腕を肩に乗せ、「よし」と立ち上がる。加門は男に、

「しっかりしてください、医者の所に連れて行きますから」

と語りかけながら歩き出した。

「すぐ近くですから」

意識を保たせるため話し続ける加門に、男は小さく頷いていた。

「こりゃ、どうしたことじゃ」

医学所の主《あるじ》である阿部将翁《あべしょうおう》は、担ぎ込まれた男を見て、血相を変えた。

「奥へ……これ、布団を敷け」

内弟子達に声をかけながら、将翁は加門らを奥へと誘導する。

慌てて敷かれた布団に寝かせると、将翁は着物をずらして血塗《ちまみ》れの肩を覗き込んだ。

「骨にまで刃が当たったな」そうつぶやくと、立ち上がった。

「こりゃ加門、薬を作ってくるから、止血をしておけ」

「はい」

晒《さら》しを当てながら加門が頷く。

うう、と男の呻《うめ》き声が洩れ、血で赤く染まった右手をゆっくりと挙げた。

「しっかり、今、手当てをします」

その加門の言葉に頷きつつ、男は己の懐《ふところ》に手を入れた。中から、ゆっくりとなにかをつかみ出す。

「こ、これを……」

封のされた書状だ。上のほうは血に染まっている。

差し出されたその書状を受け取って、加門は書かれた文字に気づいた。目安《めやす》と記されている。

目安とは訴状のことだ。訴えを起こすさい、その内容を書き記した訴状は目安と呼ばれる。

「これを目安箱に……」

奉行所への訴えとは別に、目安を出せる場所がある。それが目安箱だ。

目安箱は時の将軍徳川吉宗《よしむね》が設置したものだ。訴え事がある者は身分を問わず、それを使うことができる。訴えたいことや意見、願いなど書き、名と所を書き記して封をする。それを評定所《ひょうじょうしょ》の前に置かれた目安箱に入れる仕組みだ。

「そうか、今日は十一日だったな」

意次がつぶやいた。目安箱が設置されるのは、毎月二日、十一日、二十一日と決まっている。その日の正午までに、目安を入れるのが決まりだ。

「わかりました、預かります」加門はそう言って、目安を受け取る。

「元気になったら、出しにいけばいい。大丈夫ですよ」

加門は血染めの封書を脇に置くと、改めて、止血のための晒しを押し当てた。晒しを通して、生温かい血が手にも伝わってくる。思わず息を殺すが、その静寂の中に、ばたばたと足音が近づいて来た。

「どうじゃ」煎《せん》じ薬《ぐすり》を手にした将翁が、怪我人を覗き込む二人を見た。

「加門、それと……」

将翁が意次を見るのに気づいて、加門は慌てて顔を上げた。

「あ、これは幼馴染《おさなな じ》みの意次です」

「はい、田沼意次と申します」

かしこまる意次に、将翁は頷いて、手で指図をする。

「そうか、では加門と意次とやら、二人でこのお人を起こして着物を脱がしてくれ。ゆっくりとだぞ」

「はい」

声を揃えて、若い二人は男の背を支えて、上体を起こす。傷口からの出血が増し、男の口から呻き声が起きた。

「すみません、手当てをするので着物を脱がせます」

加門はそう言いながら、血に濡れた袖から腕を抜く。顕《あら》わになった肩から胸にかけて、斬られた傷口が大きく肉を見せていた。着物も袴《はかま》も脱がせ終わる。

「加門、血を拭け。意次は支えておれ」

将翁の指示どおりに、加門は濡らした晒しで血を拭き取り、意次がその背をしっかりと支える。荒い息を吐く男の顔色を窺《うかが》いながら、将翁は煎じ薬を新しい晒しにしみ込ませた。切り傷に効く弟切草《おとぎりそう》だ。晒しの上に油紙を当てた将翁は加門を見る。

「よし、晒しを巻け」

はい、と真っ白い晒しを上半身に斜めに巻いていく。と、「おっと」と意次が腕に力を入れた。男の身体がぐらりと揺れたのだ。

手当てを終え、新しい着物を着せると、加門と意次はゆっくりと男の身体を布団の上に横たわらせた。そのとたんに、男はふうと息を吐いて目を閉じた。意識が遠のき、深い眠りに落ち込んでいくのがわかった。

その寝息を確認して、将翁は顔を上げた。

「で、誰なんじゃ、このお人は」

将翁の問いに、加門は慌てて姿勢を正す。

「すみません、町でたまたま斬り合いに遭遇《そうぐう》し、行きがかり上、連れて来てしまいました」

「たまたまじゃと……赤の他人か。ふうむ、まあ、しかたがあるまい」

将翁は苦笑を浮かべて加門を見る。と、その目が、二人のあいだに置かれていた目安に留まった。

「なんじゃ、これは」

血に濡れていないところを手に取ると、目の前に掲げ、目安という文字を見つめる。

ふむ、と裏返すと、糊《のり》で留められた封を指で開いた。

「あ、それは、目安で……」

加門は狼狽《ろうばい》して、手を伸ばす。目安箱に入れられた封書は箱のまま城中に届けられ、将軍の前で開けることになっている。封を開けるのも将軍だ。が、将翁は止めようとする加門にかまわず、封を開いて中の書状を取り出した。

「このまま乾けば、血がこびりついて開けられなくなるぞ」

それはそうか、と加門と意次が顔を見合わせるのを見て、将翁は頷いた。

「それに、目安であれば名と所が記されているであろう。身内がおるであろうから、呼んでやらなければならん」

「それは」加門の声がうわずる。

「助からないということですか」

「ふむ、今は厳しいとしか言えんな。が、助からないことを考えれば、今から役人に届けねばならん。勝手に死体を始末するわけにいかぬからな。そうなった折にも、身内に引き取ってもらうのが筋じゃろうて」

なるほど、と二人は頷く。

将翁は巻かれていた書状をくるくると開くが、書かれている文字は読まずに、最後に目を移した。

「そら、名が記されておる」

それを二人の若者に見せる。

目安の最後には、浪士、山瀬《やませ》勝成《かつなり》、深川《ふかがわ》東《ひがし》永代《えいたい》町《ちょう》孫七郎《まごしちろう》店《だな》と記されている。

「浪人じゃな」

将翁の言葉に、加門は頷く。

「その人は追われていたのです。追っていた男も浪人ふうでした」

「ふうむ、浪人同士の諍《いさか》いか……」将翁は口を曲げて、加門と意次を交互に見た。

「まあ、よい、あとはこちらでやるから二人は帰れ」

「いえ、連れてきたのはわたしですから、ちゃんと看《み》ます」

加門の言葉に、将翁は顎《あご》を上げた。

「なにを言うか、そなた、厄介事《やっかいごと》に関われる身ではないであろう」

眉を寄せる将翁に、加門は口を閉ざした。将翁は加門が御庭番《おにわばん》であることは知らない。が、幕臣であり、なにやら役目を負っているということは察している。身分を隠して医学所に通っていることから、言うには憚《はばか》られる役目らしいということを忖度《そんたく》しているのだ。

　将翁は意次に目を移す。

「見たところ、そなたは旗本の倅《せがれ》であろう。面倒なことに首を突っ込めば、お家にまで害が及ぶぞ」

　意次がはっとする横で、加門はぐっと息を呑んで、将翁に頷いた。

「この意次は父上亡きあと、すでに当主として家を継いでおります。おっしゃるとおり、表に出るのはまずいかと……」

「確かに」と意次もつぶやいて、拳《こぶし》を握った。下手《へた》なことに介入すれば、西の丸にまで害が及びかねない。

　加門は将翁に頷いた。

「わかりました。厄介事だとしたら、意次まで巻き込むわけにはいきません。仰《おお》せのとおりにいたします」

「ふむ、わかればよい。しかし、厄介事とは、なにゆえにそう思う」

「はあ……」加門は争いになった場面を思い出していた。

「そもそも、斬った男は真剣の立ち合いに馴れているようでした。身のこなしから見ても、争い事に馴染《なじ》んでいるようす。逆に、この山瀬殿は剣の構えもおぼつかなく、おそらくまともに人と斬り合ったことなどない、と見て取れました。浪人同士の諍い、というには、少し不自然に感じたのです」

「おう、それは同感だ」意次も頷く。

「斬った浪人はずいぶんと殺気立っていたし、比べてこちらの御仁には狼狽が見てとれた。それに、この山瀬殿は浪人にしては品《ひん》がいい」

「うむ、やはりそう感じたか」加門は意次に頷いて、将翁に顔を向ける。

「二人があまりにも違いすぎて、ただの諍いと言えるのかどうか……」

もしかしたら、この目安に関わっているのかも……。加門はそう思いつつも、口には出さなかった。

「ふむ、そうか。なれば、ますますこれ以上は関わらずに帰るがよい」将翁は二人を見据えた。

「ともかく怪我人のこと、わしは役人に届け出る。とりあえずこの目安のことは言わずに、この山瀬という当人から名と所を聞いたことにしよう。そなた達のことも伏せて、通りがかりの若侍が連れて来たと言うておくから安心せい」

「はい」

二人は顔を見合わせて腰を上げた。

「井戸で血を洗って出るのだぞ」

将翁は二人の手や顔を指さす。

加門と意次は、互いの手や顔に血が付いているのを見て取った。よく見れば肩や袖にも赤黒い染みが付いている。

「これでは道場どころではないな」

苦笑する意次に加門も頷く。

「ああ、うちで着替えてから湯屋《ゆうや》でも行こう」

二人は苦い笑みを浮かべて、外へと出た。


翌日。

夜明けとともに、加門は医学所へと走って行った。講義まではまだ間があるが、斬られた山瀬勝成のようすが気になってしかたがない。

「先生、入ります」

裏口から勝手に上がり込んで、加門は昨日の部屋へと入って行く。将翁は山瀬の脈をとっているところだった。

「ふうむ、身体が冷たくなってきておる。あれだけ血が出てしまうと、しかたがないがな」

加門も首を伸ばして覗き込むが、山瀬の息は細く浅い。

「身内には伝わったんですか」

加門の問いに、将翁は顔をしかめた。

「それがのう、役人に届けて住まいである長屋にも行ってもらったのだが、独り者で身寄りはおらんということがわかったそうじゃ」

「そうですか」

加門は改めて山瀬の青白い顔を見た。目尻にしわが刻まれているのを見ると、歳の頃は四十前後というところか。鬢《びん》にも少し、白髪《しらが》が混じっている。

あ、そういえば、とつぶやいて、加門は辺りを見まわした。

「これか」と、将翁が封に戻した目安を布団の下から取り出した。

「乾いたから元どおりにしまっておいた。元気になれば自分で出せるであろうがな」

ほう、と息を吐く。

「まあ、とりあえず、このお人の寿命に任せるしかあるまい。寿命が尽きれば人は死ぬ、尽きなければ生きる。命というはそういうものじゃ」

「そうなのですか」

目を見開く加門に、将翁は口元で笑う。

「そうよ。これまでたくさんの人を看取ってきたがな、終わりというのは寿命という言葉でしか説明がつかん。手を尽くしてもだめなときにはだめなものなんじゃ」

将翁はそう言いながら立ち上がった。

「さ、講義の前に朝飯を食おう。生きている者はまず、己の命を養わねばならん」

台所から飯の炊《た》けた匂いが漂ってきているのに、加門はその言葉で気がついた。

講義が終わって、加門は小走りに山瀬の元に戻って来た。将翁もそのあとに続く。

その姿を見て、付き添っていた内弟子の豊吉《とよきち》が、顔を上げた。

「あ、先生、よかった、先ほど痙攣《けいれん》が起こったんです」

「なに」

将翁と加門が両脇にかがみ込む。

山瀬の赤味を失った唇はひび割れ、荒い息を吐き出している。

「これ、しっかりせい」

将翁が耳に顔を近づけて声をかける。

「山瀬殿、聞こえますか」

加門も耳元で大声を上げた。

すると、かっと山瀬の目が開いた。

目はまっすぐに天井を見つめて動かない。が、その口が動いた。

「め……や……」

かすれた声に、加門は布団の下から目安の封書を取り出した。それを山瀬の目の上に掲げると、

「目安はここにあります、しっかりしてください」

声を張り上げた。山瀬は唇を震わせる。

「め……は、こ……に……」

「わかりました。目安箱に届けます」

加門が頷くと、山瀬は瞼《まぶた》を動かし、ひと息、吸い込んだ。と、そこで息が止まった。

上を見たまま、目も動かない。

「臨終《りんじゅう》じゃな」

将翁がつぶやく。

「山瀬殿」

加門はもう一度、見開いた両目を見つめて呼びかける。その眼《まなこ》は大きく瞳が開いて

いた。将翁がその瞼に手を伸ばす。

「これがこの御仁《ごじん》の寿命ということじゃ」

瞼は閉じられた。

将翁が手を合わせるのにつられ、加門も内弟子の豊吉もいつの間にか手を合わせていた。その豊吉に、将翁が顎をしゃくる。

「おまえは役人に知らせて来ておくれ」

はい、と豊吉は出て行く。

「さて」と将翁は加門が手にしている目安を見た。

「なればそれはそなたに託す、それでよいな」

乾いて赤黒くなった血の痕《あと》を見つめて、加門は小さく頷く。

「はい、とりあえず預かります。約束してしまいましたので」

「ふむ、まあ、こうなってしまえば約束にこだわる必要はあるまいがの。そなたの思うようにすればいい」

はい、と加門は山瀬の顔に目礼をしつつ、それを懐《ふところ》にしまった。

将翁は他の内弟子を呼ぶと、線香などを持って来させ、山瀬の枕元に水や団子《だんご》までを供えさせた。加門も屏風《びょうぶ》を逆さにするのを手伝う。そもそも山瀬をここに運び込んだのは己なのだから、ただ見ているわけにはいかない。初めてのことに戸惑いながらも、加門は動いた。

そうこうしているうちに、町奉行所の同心がやって来た。将翁が、

「ああ、藤岡《ふじおか》殿、御苦労ですな」

と、会釈をすると、黒羽織の藤岡は深々と頭を下げた。

「いえ、将翁先生にはお手間をかけました」

藤岡は屈《かが》んで山瀬の死に顔を見つめた。

幕臣やいずれかの家臣であれば評定所の調べが入るが、浪人同士の刃傷沙汰《にんじょうざた》であれば町奉行所の扱いとなる。藤岡は振り返ると、付いて来た中間《ちゅうげん》に指図をし、手際よく、用意させた棺桶《かんおけ》を運び込ませた。雇われたらしい人足が、その中に山瀬の身体を納める。

「あのぅ」加門は藤岡に尋ねた。

「このお方はどうなるのですか」

「ふむ。なにしろ日頃から検屍《けんし》をお願いしている将翁先生が看取ったわけだからな、これ以上、吟味《ぎんみ》の必要もない。科人《とがにん》探しは続けるが、この者はもう葬《ほうむ》って終わりだ」

変死があった場合には、検屍が行われる。与力や同心にもある程度の検屍知識を持

つ者がいるが、医者の判断を仰《あお》ぐのが常だ。どうやらこの同心は日頃から将翁に検屍を頼んでいるらしい。

そうなのか、と驚きを吞み込みつつ、加門はさらに問いを重ねた。

「どこに葬るのですか」

「うむ、身寄りがないということだから、両国《りょうごく》の回向院《えこういん》に運ぶことにしてある」

回向院はたとえ無縁であろうとも、あらゆる命の供養《くよう》をしてくれる寺だ。

「そうですか」

加門は担がれた棺桶のあとに付いて、外に出た。

医学所から出て来た棺桶に、道ゆく人々が足を止める。

「なんでえ、医者んとこから死人《しびと》だぜ。縁起でもねえな」

「こりゃ、あれかい、医者が藪《やぶ》ってことかい」

そんなささやきに、内弟子の豊吉が声を上げる。

「違います、斬られて運び込まれたんです、病人じゃありません」

その勢いに男達が「おおっと」と半歩下がる。

そんなざわめきをよそに、将翁は泰然《たいぜん》として、去って行く棺桶に手を合わせていた。

加門もその横で倣《なら》う。と、ふと閉じかけていた目を開けた。人々の中から、強い目線を感じたのだ。そちらに顔を向けると、その気配はすぐにやんだ。男が一人、くるりと背を向けたのだ。その耳や項《うなじ》が、浅黒いことに目が引きつけられた。

あとを追おうか、と足を踏み出しかけたが、男の姿はすぐに人混みに消えて行った。

二

講義の終わった医学所を出て、加門はそのまま城へと向かった。

江戸城本丸、中奥《なかおく》から大奥《おおおく》にかけての御広敷《おひろしき》へと向かう。そこの警護が表向きとしての御庭番の仕事だ。

御広敷の庭に行くと、幼馴染《おさなな じ》みの村垣清之介《むらがきせいのすけ》が加門に気づいて、近づいて来た。加門と同じく見習いの御庭番だ。

御庭番の跡継ぎは、父の役目を継ぐ前に三年ほどは見習いをする。御庭番としての資質を試されるのだ。機転がきくか、洞察力はあるか、さらに探索の才や剣術、学問の才まで問われ、如才なさも重視される。加門よりも一つ年上の清之介は、やっとそれらが認められそうなところだった。

「やあ加門、久しぶりじゃないか。最近は御用屋敷にも戻って来ないようだが、町に住むとそちらのほうがよくなってしまうのだろう、うまくやったな」

清之介の言葉に、加門は「いや、まあ」と苦笑いをした。三日に一度は登城するようにしているし、医学所が休みの日には朝から来るのが習いだ。が、一昨日《おととい》は山瀬の一件で、登城せずに終わっている。

「父上は来ていますか」

加門が辺りを見まわしながら尋ねると、清之介は芽吹きはじめた木々が茂る吹上《ふきあげ》の庭の方向を指で示した。

「お薬園《やくえん》から呼ばれて手伝いに行かれたぞ、薬草はこれから芽吹いてくるのだろう、忙しくなるな」

加門は礼を言って、吹上へと向かう。

江戸城の中でも自然の豊かな吹上の庭に、八代将軍の吉宗は薬草を栽培するための薬園を作っている。学問好きの吉宗は医学にも関心が高く、朝鮮《ちょうせん》から取り寄せた人《にん》参《じん》の栽培をはじめ、さまざまな薬草を集めたのだ。

その薬園の片隅に、しゃがんでいる父宮地友《とも》右《え》衛門《もん》の姿があった。宮地家はもともと薬草の扱いに長《た》けた家だ。加門もそれを見込まれ、さらに医術を深めよと家重に勧められた。吉宗もそれを認めたために、医学所に通うことになった、という経緯がある。

「父上」

加門が近づくと、父が顔を上げた。

春に芽吹く薬草の畝《うね》を、手入れしている。霜も降りなくなった今、薬草の前に雑草が早くも芽を出しはじめたため、それを抜いているのだ。

「おう、加門、一昨日はどうした」

そう問う父の傍らに、加門はしゃがみ込んだ。

「すみませんでした、実は……」

加門は山瀬の出来事を話した。

「ふうむ、それは難儀であったな。意次殿まで巻き込まれるとは、災難なことよ」

「はい、なのであとで西の丸に行って、意次にことの顚末《てんまつ》を告げようと思うのです。気になっていると思うので。よいでしょうか」

「うむ、夕刻になれば意次殿のお役も余裕ができよう、行って参れ」

「はい、ではそれまでは手伝います」

加門は小さな雑草の芽を摘みはじめた。

西陽が伸びてきたのを見て、加門は西の丸へ足を向けた。

西の丸は将軍の世子が住まう御殿だ。意次はそこで小姓として務めている。父の意行が、吉宗の信頼を得ていたことによる抜擢《ばってき》だった。が、田沼家は旗本といっても大身《たいしん》ではなく、意次もまだ新参者にしかすぎない。

加門は中奥の戸口へと向かった。

西の丸にも表と中奥、大奥がある。が、西の丸の主《あるじ》である家重は、表に出たがらない。顔に麻痺《まひ》があり、発語が不明瞭《ふめいりょう》であるために、人前に出るのを嫌っているのだ。そのため、側近達も主について中奥にいるのが常だ。

戸口で案内を請い、土間で待っていると、取り次ぎの者がまもなく戻って来た。

「田沼様はただ今ご不在にて……」

そう言っているところに、表のほうから廊下をやって来た男が、加門の顔を見て立ち止まった。家重の小姓頭《がしら》を務める大岡出雲守忠光《おおおかいずものかみただみつ》だ。家重十四歳の折に、十六歳であった忠光が小姓として上がり、以来、主の信頼を得て側に付き従っている。他の者には聞き取りができない家重の言葉を、忠光だけは明確に聞き取ることができるためだ。

その忠光が加門に、向き直った。

「加門ではないか、意次……いや、主殿殿《とのもどの》を訪ねて参ったか」

「はい」

「なれば、部屋で待っているがよい。使いで御文庫《おぶんこ》に書物を取りに行っているが、まもなく戻って来るであろう」

忠光に促され、加門は廊下に上がった。

前を歩きながら、忠光は小さく振り向く。

「どうだ、医学所のほうは」

加門を将翁の医学所に繋《つな》いでくれたのはこの忠光だ。

「はい、おかげさまで阿部将翁先生は御仁徳篤《あつ》く、よき師として多くのことを学んでおります」

「そうか、それはよかった。わたしはお会いしたことはないが、忠相《ただすけ》様から、将翁殿は度量の深い優れたお方と聞いている」

二年前、南町奉行から寺社奉行になった大岡越前守《えちぜんのかみ》忠相は、忠光の親戚だ。ために、家重から医術を学べ、と命じられた折に、忠光が忠相を介して、阿部将翁に紹介してくれたのである。

加門は足を止めた。意次の部屋の前に着いたからだ。

「ではな」と、忠光は目元で微笑むと、そのまま奥へと歩いて行った。

小さく質素な意次の部屋で、加門は正座をした。

宿直の日以外でも、意次はここに泊まることが多いと聞いている。最近では、意次も家重の言葉を多少は聞き分けることができるようになり、信頼を得ているためだ。人の暮らしを感じ取れるこの部屋からは、意次の頑張《がんば》りが感じられる。

加門は耳を廊下へと向けた。

廊下を歩いてくる足音に耳を澄ませる。大きな音は立てないが、力強く踏みしめるその歩き方は意次のものだ。足音の聞き分けは、御庭番として子供の頃から仕込まれる技《わざ》の一つであるため、いつでも耳が反応する。

足音は廊下を通り過ぎる。が、しばらくすると、戻って来た。忠光が教えたらしい。

「加門、来てたのか」襖《ふすま》が開いて、意次の笑顔が現れる。

「なんだ、楽にしていろ」

加門の正座を見ると、意次はそう言って向かいで胡座《あぐら》をかく。加門も膝を崩すと、意次はすぐにその首を伸ばした。

「で、どうなった、あの山瀬という御仁は」

「うむ、それを伝えに来た。死んだのだ、昨日の昼過ぎに」

加門の答えに、意次は眉を寄せた。

「そうか、気の毒なことだな」

「ああ、目を開けたまま息を引き取ったのが、いかにも無念そうでな……」

加門は目を伏せた。が、すぐにそれを開いて、意次を見た。

「で、相談なんだ。あの目安をわたしが預かったんだが、どうしたものかと迷っている。目安箱に入れるとは言ったものの、当の本人は死んでしまったし、あのような血染めだし……」

「ふうむ、確かにな……そなた、中は読んだのか」

「いや、将翁先生は乾かしたあと、元のように畳んで封までしてくださっていたので、読んでいないのだ」

「そうか。まあ、目安を読んでよいのは上様だけだからな」

「うむ」

二人は腕組みをして首をひねる。その腕を最初にほどいたのは、意次だった。

「なれど、あの御仁のいわば遺言となったわけだからな、やはり目安はお渡しするべきであろう、もしかしたら重要な訴えなのかもしれん」

「やはりそう思うか」

加門の問いに、意次は大きく頷く。

「思うぞ。だが、あのような血染めを目安箱に入れれば、開けた上様は仰天《ぎょうてん》されるであろう。加門、そなたがじきじきにお渡しして、事情を申し上げるのがよいのではないか」

「じきじきに」

身を反《そ》らす加門に、意次は指を立てる。

「そうよ、御庭番はそもそも上様とじかに言葉を交わせる数少ない直臣《じきしん》ではないか。そのような者に目安が託されたのも、縁というものだと思うぞ」

意次のきっぱりとした面持ちに、加門は唇を噛《か》みしめた。

「そうか……そうかもしれんな」

「そうだ、無念を晴らしてやれ」

「よし、そうしよう」

頷く加門に、意次は笑顔になって、おう、と肩を叩いた。


二日後。

医学所に、いつものように将翁の声が響く。

「春になると、気が活発になる。冬のあいだに閉じていた気が開いて、巡りはじめるのだ。木々も芽吹くし、虫も動き出す。地にも天にも気が巡り出す。そうなれば、人の気も巡るようになる。春になると、不思議と元気が出て来るであろう」

将翁の問いに、弟子達はうんうんと頷く。加門も自然に頷いていた。

「春の気は外へ外へ上へ上へと広がろうとする。じゃがな、それがうまくいかないこともある。迷いや悩みを抱えてくよくよしていると、それを抑《おさ》え込んでしまうんじゃや。よく、気が塞《ふさ》ぐという言い方をするであろう。それは文字どおり、気を塞いでしまうんじゃ。心持ちが暗ければ、気が塞いで、広がろうとする気を抑え込んでしまう。すると、気の塩梅《あんばい》が崩れて具合が悪くなるんじゃ。そなた達のなかに、身体が重いと感じる者はいるか」

皆が顔を見合わせる中、三人ほどがおずおずと手を上げた。うちの一人が太っているのを見て、誰かが言う。

「ただの食べ過ぎだろう」

どっと笑いが起きるなか、将翁は声を大きくした。

「静かに。よいか、肉が付いているからと言って元気であるとは言えぬ。気や水《すい》、血《けつ》などの巡りが悪いと、本来、排出されるべき物が体内に滞留してしまい、太ってしまうこともあるのだぞ」

　皆がしんとなる。

「よいか、春といっても、皆が元気になるわけではない。身体が重い、疲れやすい、食が細くなる、いらいらする、などさまざまの不調も出やすくなるんじゃ。それは気が塞がれているせいで起こることが多い。本来は外へと広がるべき気が、塞がれていると、うまく巡らなくなる。春は気がのびのびするのに合わせて、心持ちものびのびと緩めることが肝心じゃ。春の気を浴びることもよいぞ」

「春の気……」

「どこで」

　皆のささやきに将翁がにっと笑う。

「山に行くのもよいし、海辺や川の畔《ほとり》もよいぞ。自然は春になれば気を大きく広げるからな、それを浴びるのがよいんじゃ。それ、春になれば山や川岸で、いっせいに木や草が芽吹くであろう、それが春の気じゃ」

「先生、それならば花見もよいのですか」

　加門の隣に座っている浦野《うらの》正吾《しょうご》が声を上げた。

「うむ、よいぞ。梅や桃、桜などの木の下に行けば、よい花の気を浴びることができる。とくに桃の花は一番、陽の気が強い。気が塞いでいる者は、桃の花を見に行くとよいぞ。ああ、ただし花見で浮かれすぎるのは気を乱すゆえ、気をつけることだ」

へえ、そうか、と皆がつぶやく。正吾は加門に顔を向けると、ささやいた。

「よし、では桜が咲いたら花見に行こうじゃないか」

ああ、と加門も微笑んだ。

将翁が言葉を続ける。

「それに、春を食べるのもよい」

将翁の言葉に、内弟子の豊吉が手を上げる。

「春はどこに売っているのですか」

皆がまた笑う。将翁も笑った。

「八百屋《やおや》だ。要するに、春の気を含んだ物を食べろ、ということじゃ。蕗《ふき》の薹《とう》や菜の花、筍《たけのこ》、山菜など、春の物には春の気が満ちておる。それを食べれば、のびのびとした春の気を身体に取り入れることになって、足りない陽気を補える。気の塩梅もよくなるというわけじゃ」

ほう、と皆からつぶやきが洩れる。

加門も将翁の言葉を反芻《はんすう》しながら、胸の内で、これはよいことを聞いた、とつぶやく。お城のお薬園にも菜の花や蕗を植えるように言ってみよう。気を塞がれがちな家重様によさそうだ……。と、加門は心で頷く。

講義が終わりにさしかかる。と、玄関から声が伝わって来た。

町同心の藤岡だ……。加門は耳に飛び込んできた声を、すぐに聞き取った。声を聞き分けるのも、御庭番として教え込まれる技だ。一度聞いた声は、忘れない。

玄関にいるらしい藤岡の声は、急《せ》いたようすで荒らいでいた。


「本日はここまで」

将翁は講義を終えた。と、慌ただしく廊下へと出て行った。藤岡の声が、やはり耳に届いていたらしい。

玄関に向かう将翁のあとを、すぐに加門も追う。

「どうかしたか」

将翁が声をかけると、上がり框《がまち》に腰掛けていた藤岡が立ち上がった。

「ああ、先生、実は先日の仏が掘り返されたんです」

「なんじゃと」

驚く将翁のうしろで控えていた加門も、思わずえっと声を上げた。

藤岡は口を尖《とが》らせて、いらだたしげに十手《じって》で肩を叩く。

「今朝方、回向院から知らせが来たんです。埋めたところが掘り返されて、仏が地面にうち捨てられていると。駆けつけたところ、棺桶の蓋が開けられて、あの仏さんが穴の横に放り出されてました」

「なんという罰当《ばちあ》たりな」

将翁の言葉に、藤岡は頷きつつ、

「それで訊きに来たんですが、あの仏さん、なにか持ってやしませんでしたか」

と問う。将翁は、斜めうしろに立つ加門をちらりと目で見たが、すぐに首を横に振った。

「いや、なにもなかったがのう。刀はそちらに渡したであろう」

「ええ、それは奉行所で預かっています。いや、そうですか」藤岡は顔を歪《ゆが》める。「まあ、着物をはぎ取る墓荒らしもいるし、仏が武士だと刀や遺品を狙って掘り起こす輩《やから》もいますからね、珍しいことじゃないんだが……」

ふっと、藤岡は上げていた肩を下ろした。

「着物はそのままだったんで、ちょっと気になって……いや、ならばいいんです、邪魔をしました」

藤岡は礼をすると、くるりと背を向けた。

その姿が消えるのを待って、将翁は加門を振り返った。

「これでよかったであろう」

「はい」

頷く加門に、

「墓荒らしの目的はあの目安かもしれんな」将翁が眉を寄せる。

「あれはどうした」

「家にしまってあります。どうしようかと迷ったんですが、山瀬殿からは執念のようなものを感じましたし……それに、この事態からして、山瀬殿が斬られたのはあの目安が原因のように思えます。なればますます重要な物かと……あの、先生は中を読まれましたか」

「いいや、読んではおらん。わしが関わることでもあるまいと思うてな、元どおりにしまって封をしただけじゃ。では、あれを目安箱に入れるのか」

「いいえ、血染めゆえ、差し障《さわ》りがあるかと。意次と相談して、上様にお渡しすることにいたしました」

ふうむ、と将翁は目元を歪めた。

「上様か……そなたはいったい……いや、御苦労なことじゃな」

加門の肩を叩くと、将翁は首を振りながら、奥へと戻って行った。

加門はゆっくりと土間へと下りた。草履《ぞうり》を履《は》きながらも、頭の中はぐるぐると考えが巡る。

墓を暴《あば》くまでとは、いったい、なにが書かれているのか……。

外へ出た加門は、目だけを動かして周囲を見る。神田の道は職人や侍など、男の姿が多い。その中の一人に、加門の目が止まった。頬被《ほおかぶ》りをした暦売《こよみう》りが、こちらを見ている。顔の形はよくわからないが、肌の色は浅黒い。すぐに目を逸《そ》らして、加門は歩き出した。と、その加門の背後を、追いかけて来る足音があった。

「おい、加門」駆けて来たのは正吾だった。

「町同心が来てたみたいだな、このあいだの棺桶の件か」

山瀬の仔細《しさい》は皆に知らされていないが、さすがに棺桶が出されたことは誰もが知っていた。

「ああ、なんでも墓荒らしがあったらしい」

「へえ、墓荒らしとは……世の中が荒《すさ》んでいるってことだな」

正吾は、肩をすくめる。

「ああ、まったくだな」

そう答えると同時にそっと、うしろに目をやった。暦売りが間を置いて付いて来ている。

正吾は加門を覗き込んだ。

「そなたはあの仏となった御仁を看たのか」

「うむ、ちょっと看病を手伝ったんだ」

加門はそう言いながら足を止めると、辻の手前に立つそばの屋台を指で示した。

「寒いからそばでも食ってあったまらないか」

「おう、よいな」

二人は屋台に立つ。

受け取った丼からそばをたぐっていると、暦売りが近寄って来た。

「こっちにもそばをくれ」

あいつだ、と加門は暦売りを横目で見た。

声は確かにあのときの男だ。冥土に行きな、と言ったその声に違いない。深い頬被りで頬骨は見てとれないが、顎や首はやはり浅黒い。

男はすぐに背を向けて、屋台の陰へと移っていった。こちらに背を向けて肩だけが見える。

「あの御仁な」加門は何気なさを繕《つくろ》って、正吾に言う。

「斬られて深手を負っていたんだ」

「斬られた……遊び人の喧嘩《けんか》か」

「いや、浪人だった。看病をしていたら少し話ができてな、遺言まであずかってしまったんだ」

「遺言……なんだというんだ」

正吾の声に、暦売りの肩が小さく動いた。加門はその耳に届くように、はっきりと声を出す。

「いや、大したことじゃないんだが……身寄りがないということでな、供養をすると約束したんだ」

「へえ、身寄りがないのか、それは気の毒なことだな」

ああ、と頷いて、加門はそばのつゆを飲み干した。

七文ずつを置いて、二人は屋台をあとにする。

「それじゃあな」

「おう、また明日、いや明後日な」

医学所は四日続いて一日休みという流れだ。明日は休みに当たる。

笑顔で背を向けた正吾を見送って、加門はゆっくりと歩き出した。

暦売りはやはり付いて来る。

山瀬殿を斬った浪人がこの暦売りだとしたら厄介だな……。加門は胸の内でつぶやいていた。このように姿を変えられるのは、普通の者ではない、どこかの手の者なのだろう……。そう考えつつ、神田の細い道に入る。

男は間を置いて付いて来る。加門が気づいていることに、あちらは気づいていない、と見てとれた。

次の四つ角を曲がって、加門は走り出した。すぐに次の角を曲がって、また曲がる。

この辺りは勝手知ったる道だ。

裏路地に入って曲がると、加門は長屋の奥に走り込んだ。そのまま一番奥まで走り、厠《かわや》の横に身を潜めた。そこから顔だけを覗かせて、路地を見る。と、男は曲がらずに通り過ぎて行った。ほうと息を落として、そのまましばらく息をひそめる。

男は戻って来ない。

よし、と加門はゆっくりと長屋を出た。

目安はこちらが持っていることを覚ったはずだ、医学所に押し入ることはしないだろう……。加門はそう考えつつ、表通りへと戻った。

三

朝早くに、加門は外桜田《そとさくらだ》に向かった。江戸城の外郭《そとくるわ》の中にあるこの地には、御庭番の御用屋敷がある。御庭番十七家が軒を並べ、外との接触を避けて、ここで暮らしているのだ。

しかし、暮らしぶりは普通と変わらない。足を踏み入れた加門は、辺りに漂う朝餉《あさげ》の香りに、目を細めた。

「まあ、加門、戻ったのですか」母の光代《みつよ》が出迎えた。

「ちょうど朝餉ができるところ……いえ、なればお麩《ふ》も煮ることにいたしましょう、さ、奥でお待ちなさい」

促されて加門は、廊下を進んだ。部屋を覗くと、父の友右衛門がいつものように顔を上げて微笑む。

「おう、帰ってきたのか」

「はい、実は……」

山瀬の一件はすでに父に説明してある。が、墓が暴かれたのはそのあとだ。それを聞くと、父は顔をしかめた。

「ほう、それは思いの外《ほか》、厄介そうだな」

「はい、なので、それをもお伝えしながら、目安をじきじきに上様にお渡ししようと思うのです。登城して、お目通りを願おうと考えているのですが」

「ふむ、それがよいだろう。では、わたしからお目通りを願い出ておこう」

はい、と加門は頷く。と、廊下からそっと覗き込んでいる目に気がついた。妹の芳《よし》乃《の》だ。

「ああ、ちょうどよい、髷《まげ》を結い直してくれないか」

加門は立ち上がって、明るい廊下へと移動した。

芳乃はいそいそと櫛《くし》や鬢《びん》付《つ》け油の入った木箱を持って来た。芳乃は髷を結うのがうまい。

髪をすきながら、芳乃は加門の耳にそっとささやく。

「上様にお会いするのですか」

聞いていたな、と苦笑しつつ加門はああ、と頷いた。

「今日、お目通りが叶《かな》うかどうかはわからんが、叶うとしたら、身なりは調《ととの》えていかねばならんからな」

はい、と頷きつつ、芳乃は加門の横顔を覗き込む。

「上様はどんなお方なのです」

「ううむ……そうだな、お身体がご立派だ。しかし、お心遣いは細やかだ。我らのような下々《しもじも》にも、ちゃんとお気遣いをしてくださる」

「まあ、おやさしい方なのですね」芳乃はさらに声を落とした。

「では、家重様はどのようなお方なのですか」

その問いには振り向きたかったが、髪を押さえられているために顔を動かせない。前を向いたまま加門は言葉を返す。

「美男であられるぞ。それに英明でもあられる」

「でも……お顔は曲がっていると……」

消え入るような声の問いに、加門はわざと声を明瞭にした。

「曲がっているのではない、お口の辺りに麻痺《まひ》があるだけだ」

「麻痺、ですか」

「そうだ、将翁先生にも聞いたが、生まれつきの病《やまい》であるらしい。それに、知力に障りがないそうだ」

「そうなのですか、お言葉が聞き取れないという噂を聞きましたけど」

ぐっと、加門は詰まる。確かに、加門自身、ごく簡単な言葉以外、ほとんど聞き取ることができない。

「それは麻痺のせいだ。だが、大岡忠光様はすべておわかりになるし、最近では意次もずいぶんと聞き取れるようになったようだ」

「まあ、意次様が……あのお方は何事に対しても熱心ですものね、努力なさったのでしょうね」

「なぜ、そう思う」

「あら、だって、このあいだ、一緒に両国に行ったときにも、意次様はいろいろな商いを熱心に見て回って、売っている人らになにかとお訊きになってたじゃありませんか。わたくし、感心いたしました。兄上はそれを見ていただけでしたけど」

「な……わたしはすでに知っているから訊かなかっただけだ」

「あら、そうでしたか」

芳乃はふふふと笑う。が、すぐに神妙な声になって、またささやいた。

「なれど、家重様が英明であられるのなら、障りなく将軍を継ぐことがおできになるのでしょう。なにゆえに廃嫡《はいちゃく》などと……」

加門は芳乃の手を振り切って振り返った。芳乃は慌てて口を押さえる。

「あ、すみませぬ」

「そのようなこと、外で言うでないぞ」

はい、と肩をすくめる。

言葉の不明瞭な家重を廃嫡しろ、と言い出したのは老中首座の松平乗邑《まつだいらのりさと》だ。長男である家重を廃して、次男の宗武《むねたけ》を世子とすべき、と吉宗に進言したのである。幼い頃から英明と評判の高かった宗武も、その言《げん》に乗り、将軍の座を欲するようになった。吉宗はそれを退けたが、乗邑や宗武に三男の宗尹《むねただ》も同調し、憚《はばか》りもせずに廃嫡を口にする。すると、それに与《くみ》する家臣らも現れ、一つの動きにすらなった。そして、その動勢は未だやまず、水面下でうごめき続けている。

加門はほうと溜息を吐《つ》いた。

「家重様は確かにお言葉がわかりにくい。そのせいで人前に出るのを避けられることが多い。ために、誤解されているのだ」

「誤解、なのですか」

「そうだ、将棋《しょうぎ》はお強いし、学問も深い、判断も的確であられる。が、そうした聡明さをお言葉で示すことができないために、周りからまるで暗愚《あんぐ》であるかのように誤解されているのだ」

「まあ……」

「そら、口のうまい者は、口べたな者をそれだけで小馬鹿にすることがあるだろう。口の達者な者は、それが英明の証《あか》しであると思い込んでいるのだ。言葉数が多いからといって、賢さを示すとは限らんのだがな」

「ええ、ええ、それはわかります、言葉数は多いけれど中身はない、というお方もいますものね」

加門は失笑した。村垣家の清之介を指しているに違いない。

「まあ、そういうことだ。しかし、世の中は弁の立つ者と声の大きい者が力を持つのが常。それが困ったものなのだ」

「ええ、そうですわね」

芳乃が頷きながら、ぐいと元結《もとゆい》を結ぶ。

「さ、できました」

その廊下に、朝餉のよい香りが漂って来た。

江戸城中奥。

御広敷の雪の間《ま》で、加門は正座をした。お目通りの願いは叶えられ、夕刻のこの時刻を指定されたのだ。すでにその刻限は過ぎ、加門はじっと膝に手を置いていた。と、その耳がそばだてられた。

廊下を近づいてくる足音が聞こえる。

吉宗の足は、大きな体軀《たいく》を支えているのがよくわかる大きな音を立てる。

しかし、と加門は思った。以前よりはおみ足の運びが遅くなられたようだ……。

その足音が止まり、襖が開いた。

加門が深々と腰を折ると、向かいに座った吉宗はすぐに言った。

「よい、面《おもて》を上げよ。用件を申すがよい」

はっ、と加門は顔を上げる。

「実は、二月の十一日のことです……」

山瀬勝成の一件を話し出す。

「ふむ、して、その者は死んだのか」

吉宗は片眉を寄せる。

「はい、それゆえ、わたしが目安を預かりました」

加門は懐から紫の絹布《けんぷ》に包んだ封書を取り出した。

「本来であれば目安箱に入れるべきところですが、このような染みができてしまったため、恐れながらじきじきにと持参いたしました次第です」

畳に置いた包みを開き、中の目安の封書を顕《あら》わにした。

封の上についた赤黒い染みを見て、吉宗がぐっと喉《のど》を鳴らす。

「そうか」

その手を伸ばし、封書を取り上げると、吉宗は指を入れて、封を切った。

畳まれた書状を、ゆっくりと広げる。

加門はその面持ちを窺《うかが》う。

文字を追っていく吉宗の顔がみるみる歪《ゆが》んでいくのが見てとれた。

眉が寄り、口が曲がる。が、目は文字を追い続ける。

その目が最後で止まり、ひと呼吸を置いて、加門に向けられた。

「この者を斬った男は捕らえられたのか」

「いえ、まだです」

ふむ、と吉宗は書状を無造作に畳むと、天地を返して加門に差し出した。

「読んでみよ」

「はっ」と、加門は低頭して、書状を受け取る。

文字を追ううちに、加門も己の顔が歪んでいくのがわかった。

これは……、と吉宗の顔を窺う。

吉宗は口を曲げたまま、

「覚えたか」

と、問うた。

「はい」

御庭番は文書を覚えるのも技のうちだ。

天地を返して書状を戻すと、吉宗はそれを受け取って、ぎゅっと握りしめた。

「ここに書かれていることがどこまで真《まこと》であるのか、調べてみよ」

「はっ」

加門は改めて低頭する。

吉宗が苛だたしげに立つ衣擦《きぬず》れの音が、静かな雪の間に響き渡った。

第二章　年貢《ねんぐ》しぼり

一

医学所を出て、加門はまっすぐに永代橋《えいたいばし》へと向かった。

大川《おおかわ》を渡りながら、目の先に広がる深川の町を見渡す。まずは目安を書いた山瀬勝成を調べよう、と考えていた。

川を渡れば、縦横に伸びる運河が目に入る。川沿いには米や味噌《みそ》、材木などを扱う問屋が多い。重い物は船で運ばれるため、川から陸に荷揚げするのに便利だからだ。

加門は東永代町の孫七郎店にたどり着いた。

差配人《さはいにん》はここか、と見当を付けながら、加門は一番手前の家の戸を叩く。

長屋の持ち主は地主であるから、長屋などには住まない。ために長屋の差配は雇い入れた者にまかせている。大家《おおや》とも呼ばれる差配人だ。

「はーい、誰だい」

声が上がり、戸ががらりと開いた。店子《たなこ》であろうと思っていたらしい年配の男は、加門を見て意外そうな顔になる。加門は穏やかに微笑んだ。

「差配人さんですか、山瀬勝成殿が住んでいたのはここでしょうか」

加門の問いに、差配人は「ああ」と頷きながら外へ出て来た。

「へえ、そうですよ、そら、その四軒目がそうです」

差配人は先に立って、その四軒目へと行く。

「旦那、お知り合いですか、なら、ちょうどよかった、荷物がまだあるんですよ」

戸を開ける差配人に、加門は「ええまあ」と頷いて、中に入った。

「では、ちょっと荷物を見せてください」

なにか残っているかもしれない、と上がり込んだ加門は、部屋の中を見まわした。片隅にあるのは、畳まれた布団と柳行李《やなぎごうり》が一つだけだ。中の物を出すが、畳まれた着替えが数枚しかない。念のため、と布団も広げるが、なにも出ては来なかった。

「荷物はこれだけですか」

言いながら、小さな台所へと加門は移動する。竈《かまど》の横の棚に、飯碗と汁椀、それに小鉢が置かれているほかはなにもない。

　差配人は腕組みをして、加門に頷く。

「そうですよ、年末にやって来て、結局、ふた月といなかったんですから、こんなもんでしょう」

「年末だったのですか、それまではどこにいたんでしょう、いや、実はこちらも探していたんです」

　加門がとぼけて、古くからの知り合いのように取り繕うと、差配人は首を振った。

「さあねえ、そいつは聞きませんでしたねえ。長屋に来るような御浪人はいろいろと事情があるでしょうから、根掘り葉掘り訊いたりはしないのが、まあ、人情ってやつですから」

「そうですか。差配人さんは、勝成殿の死は町同心から知らされたのですか」

「ええ、そうですよ、知らされたどころか、回向院まで呼ばれて、顔まで確かめさせられましたよ。前の晩にやって来て、斬られたってえのは聞いてましたしね」

　差配人は首を振ると、厄介なことで、とつぶやいた。

「山瀬殿はなにか話していませんでしたか、生まれのこととか、身内のこととか」

「ああ、生まれは江戸だと言っていましたよ、人別帳《にんべつちょう》に載せるんで、その辺りは聞きました。けど、もともと親も浪人で、転々としてきたっていう話でしたねえ。まあ、よくあることで」

「誰か、訪ねてくる人はいませんでしたか」

「誰か……ああ、そういえばお侍が訪ねてきたっていう話をしてましたね、隣のおかねさんが」

差配人が右隣を指差す。加門は首をひねって、

「へえ、誰だろうなあ、そのおかねさんに話を訊いてもいいですか」

と、またとぼけつつ問う。

「ええ、いるようですから、どうぞ」

差配人が外へと出る。加門も薄い壁越しに声や足音が聞こえているのに気がついていた。

「おうい、おかねさん、開けるよ」

差配人が無遠慮に戸を開ける。

「はいな、なんです」

赤子を背負ったおかねが女の子の顔を拭きながら、こちらを向く。足元には男の子がはいはいをしている。

加門が土間に入っていくと、差配人はうしろに引いて、家の戸口に立つ人影を見た。

「ああ、誰か来た、じゃ、お侍さん、訊いておくんなさい、あたしは戻りますから。荷物、近いうちに始末してくださいよ」

そう言って、差配人は帰って行く。

煩《わずら》わしそうな顔を向けるおかねに、加門は愛想のよい笑みを向けた。

「いや、手間は取らせません、隣の山瀬殿の所に訪ねて来た男を見た、と聞いたので。どういう男でしたか」

「どういうって……お侍でしたよ」

「歳の頃は」

「ああ、そうねえ、四十絡みってとこかしらねえ」

「顔は覚えていますか」

「顔なんて……」おかねはぐずりはじめた赤子を揺らす。

「見てませんよ、けど、ありゃあ、浪人じゃあない、どっかのお役人っていう風情《ふぜい》でしたよ」

「役人……その人は何回くらい来たんでしょう」

「さあ、いちいち覗いているわけじゃないから、わかりませんよ、けど、あたしは二回くらい見たかな」

加門は隣を隔てる壁を見つめた。

「話が聞こえたりはしませんでしたか」

おかねも壁を見ると、ぷっと笑う。

「ああ、安普請《やすぶしん》だからねえ、けど、うちは見てのとおり、子供がいるからうるさいったらありゃしない、隣の声なぞ聞こえませんよ、あっちはうちの泣き声だのが聞こえてたでしょうけどね」

それはそうか、と加門は頷きつつ、ふと首を逸《そ》らした。

「向こうの隣は、誰が住んでいるんですか」

「ああ、松吉《まつきち》っつぁんですよ。植木屋のまっつぁん。けど、今はいませんよ、仕事に行ってるから」

赤子のぐずりが泣き声に変わる。おかねはおぶい紐《ひも》を緩めて、

「ああ、ああ、お腹が空いたんだね、今、お乳をあげるからね」

と言いつつ、ちらりと加門を見た。

「ああ、邪魔をしました」

加門は慌てて、外へと出る。

そのまま二軒隣に足を向けて、松吉の家の戸を叩いてみた。中からはなんの返事もない。

ということは独り者か、よし、出直そう……。そうつぶやいて、加門は踵《きびす》を返した。

長屋をあとにして、加門は東永代町から佐賀町《さがちょう》へと歩き出した。米問屋が多いこの辺りは力自慢の男が多く、力比べなども行われる。

米問屋か……それでこの辺りを選んだのだな……。加門はそうつぶやきながら、永代橋へと戻って行った。


次の日、医学所を出て、加門は築地《つきじ》へと向かった。

そこには米問屋の三登屋《みとや》の別邸がある。先年、そこで松平乗邑とその一派が密かに会合を持っていた屋敷だ。

巡らされた塀の上から、梅の枝が張り出し、咲き残った赤い花からかぐわしい香りが漂ってくる。

加門は裏へと回って、勝手口の戸に手をかけた。固く閉められていて、開かない。

加門が一度忍び込んだために、警戒が厳重になったのだろう。

ひと回りして、加門は町屋の並ぶ道へと歩いて行った。ここには酒と飯を出す尾張《おわり》屋《や》がある。

「へい、らっしゃい」

尾張の出ながら、すっかり江戸弁が板に付いた竹蔵《たけぞう》が笑顔を見せる。すでに顔なじみだ。別邸が三登屋の物であることを近所から聞き出してくれたのは、この竹蔵だった。事情は知らないものの、尾張料理をほめたことで気を許してくれている。

飯といくつかの菜を頼むと、加門は竹蔵に小声で訊いた。

「あの三登屋の別邸は、相変わらず人がいないようですね」

ああ、と竹蔵は頷く。

「普段は、老夫婦が出入りしてるだけですね。けど、たまに夜になると、灯りが付きますよ、ちょっとにぎやかになって」

へえ、と加門は唇を嚙む。あのお人らがやはり集まっているのかもしれないな……。

「へい、お待ち」

すぐに戻って来た竹蔵が器を並べる。

「今日の魚と味噌汁はうまいですよ。最近、飯がどうにもよくないから、その分、肴はがんばってますんで」

へえ、と加門は箸《はし》を取る。

「どれ」と、飯を頰張って口の動きが止まった。

「ほんとうだ、飯がなんというか……」

「へい、うまくないでしょう、前と値段は同じなんですけどね。ときどき文句を言われるんで、困ったものでさ」竹蔵はささやくように付け加えた。

「だからといって高い米にすりゃ、儲《もう》けが出ませんでね」

片目を細めて笑うと、入って来た新しい客のほうに、走って行った。

加門はゆっくりと飯を嚙みしめた。

二

朝早く、加門は医学所を裏口から入って行った。朝餉の時刻のはずだ。

案の定、炊きたての飯の香りが漂い、内弟子達が食膳を調えている。加門はこれまでにもいくどか、ここで朝飯を食べさせてもらっている。

「おはようございます」

その声に、将翁が出て来る。

「どうした、早くに」

その目が加門の上から下までを凝視《ぎようし》する。

「なんじゃ、怪我というわけではなさそうだな、驚かせるでない。なれば飯を食いに来たのか、よいぞ、上がれ」

「はい、すみません」

加門は片隅に座ると、恐縮しつつ、膳を受け取った。

将翁に続いて、皆、箸を取る。

加門は白い湯気を立てる飯を口に運んだ。粘り気のある甘い飯だ。

やはりうちのと同じだな……。加門はゆっくりとそれを味わう。

加門の暮らす神田の家は公儀が借り上げている家だ。御庭番や隠密などが役目に応じて、使っている。米などは小者によって届けられるために、買う必要はない。

内弟子が茶を配り、早い者はすでに片付けはじめる。

忙しい医学所では、朝餉はあっというまにすますのが常だ。

加門も自分の膳を台所に運ぶと、まだ茶を飲んでいる将翁の横に座った。

「こちらのお米はおいしいですね。どこで買っているのですか」

「買ってはおらん」将翁は首を振ると小声になった。

「越前様が届けてくださるのだ」

「大岡忠相様がですか」

そうか、と加門は思い出す。大岡忠相が小石川養生所《こいしかわようじょうしょ》を造ったあと、将翁もそこの手伝いをしたと聞いたことがあった。吉宗の命《めい》で人参栽培をしたときにも、将翁は小石川でその作業に当たったという。大岡忠相もしばしば小石川を訪れたため、そこで知己《ちき》となったということだった。忠相はすでに町奉行から寺社奉行に変わったが、縁はまだ続いているらしい。

将翁は茶碗を置いて両手を合わせる。

「この茶もそうじゃ。去年、ついここの窮状《きゅうじょう》をこぼしたらな、越前様が米やら茶やらなにかとくださるようになったんじゃ。まあ、こちらもその礼に薬をお届けしているがな」

「薬ですか」

「うむ、越前様はちと患《わずら》っておられるのでな、ときどき薬を持って行くのだ」

なるほど、と加門は得心する。この医学所には病人や怪我人もしばしばやって来るが、決して高い薬礼は取らない。それに貧しい家から来ている内弟子もいる。越前様の支援はありがたいことだろう……。

「そうでしたか、だからここの飯はうまいのですね」

「ふむ、そうじゃの。外で飯を食うと、この米のよさがようわかる」

将翁は合わせた手を、拝むように額の前に掲げた。


昼前、加門は講義を聴きながら、眼を窓に向けた。朝方降ってきた雨の音が大きくなってきたからだ。よし、と加門は拳を握る。

医学所の講義が終わると、加門はその足で永代橋を渡った。先日訪れた孫七郎店へまっすぐに向かう。雨が降れば、植木職人は仕事が休みになるはずだ。

「松吉さん」

山瀬勝成の左隣である松吉の戸を、加門は叩いた。

「おう、開いているぜ」

中からの声に、加門は戸を開けた。

胡座をかいた松吉は鋏《はさみ》を研《と》いでいたらしく、ゆっくりと顔を上げた。と、その顔が怪訝《けげん》そうに歪んだ。

「誰だい」

「隣の山瀬勝成殿のことで、先日も来たんですが」

加門は勝手に入ると、後ろ手で戸を閉めた。

「いいですか」と言いつつ、返事を待たずに上がり込む。

松吉は鋏を置くと、歪めた面持ちのまま加門を見た。

「なんですかい、あっしは山瀬の旦那に米やら酒やらもらったけど、あれはくれるっていうからもらっただけですぜ」

「え、そうだったんですか」加門はにっこりと笑う。

「では、仲良くしていただいたんですね、よかった」

加門の笑顔に、松吉もやっと目元を弛《ゆる》めた。

「いやまあ、隣同士の好《よしみ》ってやつでさ。けど、斬られたってえ話は、あとで聞いただけですぜ、あっしは関わっちゃいねえ」

「はい、それはわかっています。訊きたいのは隣に来た客のことです」

「客」と松吉は安心したように肩の力も抜く。

「ああ、確かにいくどかお侍が来てたな」

「名前は聞きませんでしたか」

加門はちらりと隣を隔てた壁を見る。一人暮らしのこの部屋なら、隣の声も聞こえるに違いない。

ううん、と松吉は首を傾けて、すぐにそれを戻した。

「ああ、そうだ、たしか山瀬の旦那は相手のことをムライ殿と呼んでたな」

ムライ……村井か……。加門は身を乗り出す。

「あとは、なにか覚えていることはないですか」

「そうだなあ」

と言いつつ、松吉にちらりと怪訝そうな面持ちが甦《よみがえ》る。

加門は再び、にっこりと笑顔を作った。

「実は勝成殿のことをずっと探していたのですが、会えないままにこういうことになってしまい……どうしていたのかを聞いて回っているんです」

「ああ、そういうことかい」と、松吉の顔が和《やわ》らぐ。

「まあ、急に死なれちまうってのは悔いが残るもんだからな。おいらも身に覚えがある。そうさな、覚えてるのは……早まったことをっていう言葉だな。相手が何度か言って、山瀬の旦那はなんて言ってたか、そっちは覚えてないな」

「早まったこと……」

「へえ、それと、あれだ、同僚の好《よしみ》っていうのも何回か聞いたな」

「同僚、なんの同僚だと」

「さあ……ああ、でも、勘定方《かんじょうがた》っていう言葉も聞いた気がしやすね」

「勘定方……その村井というお人は、どういう姿だったか、見ましたか」

加門は険《けわ》しくなりそうな表情を押さえながら、柔らかな面持ちを作って問う。それに合わせるように、松吉も微笑む。

「へい、二回ほど見かけましたよ。こう、背は中くらい、肉付きも中くらい、顔つきは普通で……」

それでは意味がない、と加門は急《せ》く気持ちを抑えながら微笑む。

「そうですか、身なりはどうでしたか」

おかねは役人ふうと言っていたが、それを言ってしまえば思い込みを作りかねない。

「身なりは普通……いや、普通よりもよかったな。御家人というよりも旗本ってえようすだったな、羽織も袴もいかにもいいもんそうに見えやしたね」

松吉はよく答えたとばかりに満足そうに頷く。と、その首をかしげた。

「山瀬の旦那も元は旗本かなにかだったんですかい」

「え……なぜ、そう思ったんですか」

「ああ、まあ、品《ひん》がいいというか……そら、あっしは植木をやりにいろんなお屋敷に行きやすからね、暮らしぶりで人のようすってえのは決まるもんだなと、いつも思うんでさ」

まさか、と加門は喉の奥でつぶやく。松吉は肩を上げた。

「山瀬の旦那は気前もよかったし、普通の浪人みてえに擦《す》れたところがあんまりなかったような気がしたもんでね、まあ、そう思っただけだけど」

松吉が山瀬を思い出すように微笑む。

いや、それもあり得るか……。加門の喉をごくりと唾《つば》が下りた。

三

江戸城本丸。

医学所の講義が終わって、そのままやって来た加門は、御広敷の庭を横切って、御殿へと向かった。

中奥の一画には御庭番の詰め所がある。普段は庭にいることが多いが、気候や天気によっては、詰め所に入ることも珍しくない。加門はそこで父の姿を見つけて寄って行った。目安の一件で上様から御下命を受けたことは話してあるが、それ以降のことは告げていない。

「登城いたしました」

そう挨拶をすると、「うむ」と父は頷いて、目で「どうか」と問う。加門は、

「やっています」

とだけ答えて退いた。くわしい話はまだしたくない。言えば指示を受けるだろうが、己の判断で仕事を進めたい気持ちがあった。

外に出ると、庭を抜けて表のほうへと足を向けた。

表にはさまざまな役所があり、幕臣らが廊下を行き交う。

木立の陰からそのようすを窺っていた加門は、あっとつぶやいて身をさらに引いた。

廊下をやって来るのは裃《かみしも》姿の松平乗邑だ。老中の首座にまで上り詰め、昨年はさらに勝手掛《かってがかり》にも任命された。財務を動かす責任者だ。

乗邑のあとから、もう一人、裃姿が現れた。加門はその薄い眉と唇を見て、神尾春央《かんおはるひで》だ、とその名を胸中でつぶやく。勝手掛を拝命した乗邑が、勘定吟味役から勘定奉行へと抜擢した人物だ。

二人は乗邑の部屋へと入って行く。片腕ともいうべき神尾は、日頃から乗邑のそばにいることが多い。

加門はそれを見送って、表をゆっくりと歩く。さまざまな役所がある表には、御殿《ごてん》勘定所《かんじょうしょ》がある。勘定方の役人が詰め、日々、仕事を行う役所だ。

本丸玄関を通り過ぎて、加門は坂を下った。大きな石が組まれた石垣が、その道を両側から囲む。本丸の守備の厳しさが表れた道だ。

坂を下れば、広場にはいくつもの建物がある。城を出入りする人々を監視するための大番所や百人番所、同心番所などだ。その先のお濠《ほり》を渡ると、そこは大手御門《おおてごもん》の内側だ。その敷地に、勘定方のもう一つの役所である下勘定所《しもかんじょうしょ》がある。

勘定所は仕事も役人も他に比べて格段に多い。御殿勘定所には入りきらないために、細々《こまごま》とした仕事をこなす役人は、こちらの下勘定所に詰めているのだ。

加門はその横をゆっくりと歩いた。何度も行き来をしてきた道筋ではあるが、これまで注意を払ったことはない。が、今は出入りする人々などを横目で見つめる。寄って行きたい衝動に駆られるが、それをぐっと呑み込んだ。

下勘定所から南に下って、加門は内桜田《うちさくらだ》御門を抜け、坂下《さかした》御門から西の丸の庭へと入る。坂を上って、西の丸の御殿に近づいて行くと、中奥の前で立ち止まった。

さて、としばらく佇《たたず》んでいた加門は、一人の小姓がやって来るのを認め、歩み寄った。前髪立ちのまだ元服前の少年だ。おそらく見習いだろう。

「もし」と呼び止めると、少年は立ち止まった。

「あ、これは宮地殿」

少年はぺこりと会釈をする。

加門は家重に呼ばれて、いくども西の丸に上がっている。それを覚えていたらしい。

加門は懐から結んだ文を取り出すと、その少年に差し出した。

「すまぬがこれを田沼意次様に渡してほしい」

はい、と少年はそれを掌で受けた。

「よろしく頼む」

加門の言葉に、少年は大きく頷いて御殿へと歩き出す。

加門はそっとその場から離れ、坂を下りはじめた。

「ごめん」

加門の声に、田沼家の門はすぐに開いた。

見知った門番によって通されると、すぐに家臣が出迎えに現れた。意次が重用《ちょうよう》している井上寛司《いのうえかんじ》だ。

「これは加門様、ささ奥へ。加門様がお見えになったら殿のお部屋でお待ちいただくよう、申しつかっております」

すでに当主となっている意次は殿と呼ばれている。

部屋に入ると、やはり意次が用人として側に置く三浦庄司《みうらしょうじ》が炭の入った火鉢《ひばち》を運んで来た。

「殿はいつお戻りになられるかわかりませんが、ごゆるりとなさってください。あとで茶もお持ちいたしますので」

愛想のよい笑顔に加門も頷く。

「これはかたじけない」

加門は出て行く二人を見送った。

この二人は元は百姓身分だ。しかし意次は「賢く人柄もよい」と家臣として取り立て、重用している。

低い身分の者を用いることを批判する者もあったが、意次は平素から「人は生まれなどで決まるものではない、見るべきものは才だ」と言って憚《はばか》らない。

意次らしい、と加門は火鉢にあたりながら笑みを浮かべた。と、表から声が起こり、すぐに足音が響いた。意次が廊下をやって来る。

「待ったか、加門」

障子を開けて、意次が入って来た。

「いや、今し方来たところだ。早かったな」

「ああ、家に来るという文を見たから、今日はさっさと下城した。わたしも近々、そなたの家に行こうと思っていたところだ」意次は胡座をかくと上体を乗り出した。

「で、どうなったのだ、目安は」

うむ、と加門は声を落とした。

「上様にお渡しした」

「そうか、上様は読まれたか」

「ああ、その場で読まれて、わたしにも読めと渡された」

「そなたにも……読んだのか」

うむ、と加門は頷いて膝行《しっこう》し、より意次とのあいだを狭めた。

「書いてあったのは御政道に対しての意見だった。まず、質素倹約《しっそけんやく》も長く続けば民の心が萎《な》える、それではますます物や銭貨の流れが滞《とどこお》る、と記されていた」

「ふむ、尾張藩主の宗春公と同じ意見だな」

「ああ、それに続いて、年貢の厳しさに対しても真っ向から反対を述べていた。享《きょう》保《ほう》以降、年貢の取り立ては年々厳しくなる一方で、これでは百姓の暮らしが立ちゆかない、ほかの方策を考えるべきと書いてあった。それに米の値が上がったことで、町人が困っている。これもなんとかすべき、と書いてあった」

「ずいぶんとはっきりと言うな。しかし、打ち壊しや一揆《いっき》が起きているのは確かではあるしな」

「うむ、書いてあることはいちいちもっともだと、わたしも思った。上様は読まれるうちにお顔が険しくなられていたがな」

「まあ、これまでにもそうした訴えはあったろうが、目安を読むことができるのは上様だけ、なにが書かれているのか、我らはわからぬしな」

「ああ、だが、これほど強く批判をするものかと、わたしも驚いた。もっとも、書かれた意見はすでに町中でもささやかれていることだから、さほどの新味はない。上様が眉を寄せたのは、最後に記された文言《もんごん》でな、米問屋の三登屋への疑念を訴えていたのだ」

「米問屋……」

眉を歪める意次に、加門も同じような面持ちで頷いた。

幕臣には禄《ろく》を蔵米《くらまい》で受け取る者が多い。その米を米問屋に売って、金に換える仕組みだ。そのときどきの米の相場で買われるため、米の値段が下がれば、武士が受け取る銭貨も減ることになる。

吉宗はそれを避けるため、米の価格を上げる方策を採った。吉宗の独断ではなく、城中の重役らによる総意だ。そして、それを受けて動いたのが、当時の老中、今は老中首座となっている松平乗邑だった。

乗邑は江戸でも力を持つ大きな米問屋三人を選び、米価格の高値維持を命じた。吉宗にも拝謁《はいえつ》し、三人は御政道の一環として、米価格を動かしたのである。米の買い取りの独占、蔵への貯蔵などで、価格の高値を崩さぬように働いていた。そのなかでも特に乗邑の力となったのが、御用米問屋の一人高間伝兵衛《たかまでんべえ》だった。

「あの高間伝兵衛の打ち壊しは大した騒動だったな」

意次の言葉に、加門も頷く。

「ああ、わたしは翌日、打ち壊しの跡を父と見に行った。聞いたら、千数百人が押し寄せたそうだ」

米の値段のつり上げは、町人の台所を圧迫した。それを主導しているのは老中松平乗邑であり、片腕となって動いている米問屋は高間伝兵衛であるということが、町にも瞬く間に知れ渡った。

享保十八年（一七三三）正月、人々は高間伝兵衛の米問屋に押し寄せ、表の問屋、裏の家屋を壊し、家財までも打ち壊す騒動となった。すでに地方では似たような出来事が生じていたが、江戸で大規模の打ち壊しが起きたのはこれが初めてであった。

この打ち壊しでは首謀者一名が遠島、三名が重追放の刑を受けている。

さらにそのしばらくあと、松平乗邑にも災厄が降りかかった。屋敷から火が出て全焼したのである。が、その火事は原因も不明なまま、今に至っている。

「あれ以来、高間伝兵衛は少しおとなしくなったようだな。以前は深川や吉原《よしわら》で派手に遊んでいたというが」

意次が苦笑すると、加門は眉を寄せた。

「いや、それは表向きだけのことかもしれん。打ち壊し以降、家財は別邸に移したというし、米も傘下の米問屋に預けているという噂だ。三登屋はそのうちの一軒なのではないかと思っている」

「なるほど、あくどいと言われる高間伝兵衛の傘下なら、なにをしていても不思議ではないな。山瀬殿はなにかをつかんだのか」

首をひねる意次に、加門は首を振る。

「そこなのだがな、三登屋に不正の疑念という書き方だけで、その内容は記されていなかったのだ。おそらく山瀬殿も、はっきりとはつかんでいなかったのだろう。だが、その不正を見逃すことで勘定所の役人が賄賂《まいない》を得ている、と目安には書かれていたのだ」

「なんだと……賄賂とは、真《まこと》か」

「ああ、確かにそう記されていた。役人の名は記されていなかったがな」

ううむ、と意次は腕を組む。と、そこに廊下から声がかかった。

「殿、御膳の用意ができました」

「ああ、入ってくれ」

障子が開いて、三浦が膳を掲げて入って来る。主と客の前それぞれに置くと、湯気の立つ銚子《ちょうし》も添え、退いていった。

意次が手酌で酒を注ぐ。

「まあ、やりながら話そう。暗くなるから今日は泊まっていけ」

「そうだな、そうさせてもらおう」

加門は障子越しの外に目を向ける。すでに陽は落ち、闇が広がりはじめていた。

意次は箸で丸い揚げ物を切ると、それを掲げてにこりと笑う。

「そら、えびかねは好物であろう」

えびかねは海老《えび》を殻ごと潰してまとめ、揚げた海老しんじょだ。熱いだし汁をかけてあるので、湯気が白く揺らいで立つ。

「うん、うまい」

加門が眼を細めると、意次がふと口の動きを止めた。

「しかし、あの山瀬という御仁はなぜそのようなことを知っていたのだ。一介の浪人であろう」

いや、と加門はえびかねを飲み込んで首を振った。

「それがな、違ったのだ、住んでいた長屋に行ったところ……」

加門は隣の松吉から聞いた話を伝える。

「で、もしやと思って『御役武鑑《おやくぶかん》』を調べてみた」

『御役武鑑』は幕臣の名簿だ。重役から軽輩まで、あらゆる役人の名や役、禄や住む屋敷までが記されている。

「したら、あったのだ山瀬勝成という名が……しかも下勘定所の帳面方として、だ」

「なんだと……」

「長屋を訪ねてきたのは村井という武士だと言っていたから、それも探して見つけた。村井平四郎《へいしろう》という名でな、その男も下勘定所の役人だったのだ」

加門の言葉に意次はゆっくりと言葉を探す。

「では、なぜ、浪人などと……ああ、いや、そうか。幕臣は目安箱に投書することはできぬからな、身分を偽《いつわ》ったということか」

目安箱ができた当初は、身分を問わずに誰でもが訴えをしてよい、ということになっていた。が、ほどなくそれは変えられた。幕臣は言いたいことがあれば上役に言うべし、目安箱への投書はまかりならぬ、ということになったのだ。

「いや」加門は首をひねる。

「まだ、くわしいことはわかっておらぬのだ。もしかしたら、山瀬勝成は役を辞していたのかもしれん。その辺りのことは、村井平四郎というお人から聞き出そうと思っている」

ふうむ、と意次は唇を噛みしめる。

「調べるのか」

ああ、と加門は頷く。

「上様から目安の訴えがどこまで真《まこと》であるのか調べよ、と命じられたからな」

「そうか、では役目として堂々と動けるのだな」

「うむ」

胸を張る加門に、意次はふと目を眇《すが》める。

「だが、気をつけろよ、山瀬殿を容赦なく斬った相手だ。誰が敵なのかわからんが、油断はできんぞ」

「ああ、そうだな」

加門はふうっと息を吸い込んだ。

四

家の窓や戸を開けて、加門は風を通す。

明け六つ半（午前七時）に意次の家を出て戻って来たため、家の空気を入れ換えたかった。

冷ややかな空気を感じながら、加門は着替える。今日は医学所は休みだ。加門は暦をめくった。

二十一日だ。目安箱の置かれる日である。

帯を強く締め、加門は大小の刀を腰に差す。戸締まりをすると、にぎやかな神田の町を歩き出した。

ゆっくりと足を運びながら、加門は頭の中で道を描き出す。

目安箱の置かれる評定所は日本橋《にほんばし》から濠を渡った呉服橋御門《ごふくばしごもん》の内側にある。大手御門にも近く、周囲は御用屋敷や大名屋敷ばかりだ。

そこで襲ってくることはあるまい……。加門は道を見据えた。呉服橋に近くになれば日本橋の繁華な道に入る。来るとしたら、その前だろう……。

加門は目を凝《こ》らし、気配を探りながら道を行く。

先日、浅黒の男を撒《ま》いた道に近づいて来た。この表通りから、裏へと逃げ込んだのだ。加門は気を張り巡らせた。と、行く手の辻から出て来た一人の男に目が止まった。古傘《ふるがさ》買《が》いだ。肩に担いだ棒の両端に、束ねた数本の古傘を通している。

笠を目深《まぶか》に被っているため顔は見えない。

加門は顔を向けずに、その姿を見つめる。加門の行く手をゆっくり歩き、その間合いが狭まってきた。男が立ち止まり、声を上げた。

「古傘ー、買いー」

それを繰り返しながら首をまわし、男の顔がこちらに向いた。前を向いたままの加門を、その目が捉えたのがわかった。

加門も瞬時にその男を捉えた。

あの浅黒だ……。唾を呑み込みながら、気づかぬふうを装って通り過ぎる。

浅黒の男はまた歩き出した。加門のあとを付いて来るのが、背中の気配で感じ取れた。

やはり来たか……。

浅黒の男は加門が目安を持って行ったと察したはずだ。そうなれば、二十一日の日に、目安箱に投書をすると考えるに違いない。あの山瀬勝成を斬ったのが目安を奪う目的であったのならば、また奪いにやって来るだろう……。加門のその読みは的中したのだ。

加門は表通りから横道に入った。

敵の正体を確かめてやる……。そう腹を据えながら、さらに小さな辻へと向かう。

そこを曲がった先には、小さな稲荷《いなり》があるのを覚えていた。

曲がるさいに目を動かしてうしろを見る。古傘買いはやはり付いて来ていた。

行く手に小さな杜《もり》が見えた。

加門はゆっくりとそこに入って行く。と、すぐに木の陰に身を隠した。浅黒の男が
足を速めたのが感じられた。そのまま稲荷の境内に入って来る。

加門は飛び出した。

男が足を止めて、身を反らす。が、すぐに担いでいた棒を放り出すと、懐に手を入
れた。そのまま静止すると、

「目安を出せ」

そう言い放った。

「目安はない」

加門の言葉に、男は懐から手を抜いた。その手には短刀が握られている。

加門も鯉口《こいぐち》を切りながら、じり、と半歩進んだ。

「そなた、誰の手下《てか》か」

男はそれには答えずに短刀をかざす。

「目安を渡せ」

「やはりそれが目的で山瀬殿を襲ったのだな。残念だな、目安は持っていない」

加門の答えに男は顔を歪める。

「とぼけるな、貴様が遺言で託されたことはわかっている。おとなしく出さねば、あやつと同じ目に遭《あ》うぞ」

男の構えが斜めになり、目つきが尖った。

加門は刀に手をかけたまま、うしろ足を引いて腰を落とす。

「誰の命《めい》で動いているのだ、言え」

「黙って目安を出せ」

そう言うや、男の身体が地面に転がった。被っていた笠が飛び、くるりと回って加門に寄って来る。

加門が抜刀する。と、同時に、男は目の前で立ち上がった。

加門の両手は刀を握っているが、身を寄せられては動かしようがない。

ぐっと詰まった加門の喉元に短刀が突きつけられた。

「目安を渡せ、そうすれば見逃してやる」

男の顔が目の前に迫る。浅黒い顔に高い頬骨、鋭い目はやはり山瀬を斬った浪人に間違いない。

「変装がうまいな」

加門の冷ややかな笑いに、男の剣先が喉を軽く突いた。

「貴様、死にたいようだな」

ふっと、加門は片頬を歪めた。

「目安はない。真《まこと》だ。すでに渡るべきところに渡った」

「なんだと」

男の眉が動く。

よし、隙だ……。と、加門は跳んだ。

うしろへと飛び退き、男との間合いを取る。

刀を構え直した加門に、男も地面を蹴った。
短刀を脇に持って、突っ込んで来る。
ひらり、とそれを躱して、加門は刀を振り上げた。
振り下ろした下で、男もそれを躱す。短刀を振り上げるとその切っ先を受けた。
刃を合わせて、二人は見合う。
同時に、互いの刃が弾き合い、離れた。
加門は身体をひねって斜めから斬り込む。
男の身もよじれ、袖を斬られながら、そこから逃れた。
さらに追う加門の剣が、男の手首を打った。
短刀が落ち、男が腰を折る。
「くっ」と、男が加門を睨《ね》め上げる。
「貴様、何者か」
「問うならまず名乗れ」
じりりと加門が近づく。
男のふんという鼻息が洩れる。と、瞬時に身をかがめると、手を動かした。
土が加門の顔に投げられる。

うっ、とその目を閉じた瞬間、男が走り出した。

つぶった目をそちらに向け、耳で遠ざかっていく足音を追う。

痛む目をやっと開けると、男の姿はすでに道の向こうに消えていた。


家に戻って、加門は顔を洗った。

冷たい水で目を浄《きよ》めると、ふうと息を吐き、天井を見上げる。

くそ、結局、敵の正体をつかめなかったな……。加門は眉を寄せ、手にしていた手拭いで柱を打った。

畳の上で大の字になって、加門は息を整える。しばらく時をやり過ごすと、加門は頭の中で考えを巡らせた。

山瀬の目安の内容に沿って、調べなければならないことはいくつもある。

山瀬勝成のこと。年貢の高と取り立てのこと。米問屋の不正。そして、それに伴う勘定所役人の不正。

加門はそれらを頭の中で並べたり、並べ替えたりする。手を持ち上げると、順番を決めるように指を折った。

よし、とつぶやいて加門は起き上がり、二階へと上がった。部屋には押し入れがあり、柳行李がいくつも詰め込んである。その一つを取り出すと、中から着物を出して広げた。着古した藍染《あいぞ》めを着付けて、張りを失った帯を締めた。上からやはり着古した羽織に袖を通す。

さらに鏡に向かって、加門は髷の元結をほどく。きりりと結い上げた髪をほぐして、ゆったりとした髷に変える。立ち上がると百姓姿の全身を確認した。

馬喰《ばくろ》町《ちょう》の道を、百姓姿の加門が歩く。二本差し姿のときには伸ばしている背筋を、百姓姿では弛《ゆる》めて曲げていた。やや猫背に腰をかがめて、蟹股《がにまた》気味に足を運ぶ。周囲の誰も、こちらを気に留めることはない。

馬喰町には郡代《ぐんだい》屋敷がある。関八州《かんはっしゅう》を管理する郡代の役宅だ。上総《かずさ》、下総《しもうさ》、武蔵《むさし》、安房《あわ》、上野《こうずけ》、下野《しもつけ》、相模《さがみ》、常陸《ひたち》の八州は公儀の直《じき》領《りょう》であり、それらは郡代や代官《だいかん》によって支配されている。

加門は宿の並ぶ道へと入った。すでに陽が傾き、旅人がその道に集まって来ていた。

馬喰町には公事宿《くじやど》が並ぶ。公事とは訴訟のことだ。公事宿は訴えを起こしたい者が泊まる宿だ。なかには普通の旅人を泊める公事宿も多い。が、百姓だけを客とする百姓宿も何軒かある。もともと、関八州の百姓が訴えを起こすために郡代屋敷を訪れ、そのための宿が周辺にできたことが公事宿街ができるはじまりだった。

加門は百姓宿の入り口をくぐった。

「はい、お泊まりですか」

すぐに出迎えた宿の女将《おかみ》に、加門は「へえ」と頷いた。

「とりあえず、今晩、泊まりてえんですが」

「はい、ようござんすよ、今、部屋に案内させますから」

運ばれてきた桶で足を洗うと、加門は二階の部屋へと通された。

「公事師は要《い》りますか」

宿帳を持って来た女将は、そう尋ねる。

公事宿には公事師がいる。主が務めることもあるし、外にいる公事師を呼んでくることもある。訴えなど初めてのことである者がほとんどなため、相談に乗り、手順を教え、目安の代筆もしてくれるのだ。

偽りの名や所を記して、加門は首を振った。

「いんや、明日、相談しに行く所があるんで」

「おや、そうですか」と女将は出て行った。

加門はそっと、耳を澄ませる。右隣から襖越しに、男達の声が聞こえていたからだ。

「この訴えが通らなかったらどうするんだ」

「どうするっておめえ、このままじゃ村のもんは飢え死にだ。なんとしても、年貢を下げてもらわねば帰られねえ」

二人の声に別の声が続く。

「だけんど、去年、杉山村《すぎやまむら》が訴えたけんど、聞き入れてはもらえなかったというじゃねえか」

「ああ、だから一揆になったのさ。だけんど、お上《かみ》だって一揆は困るんだから、少しは聞くだろう」

「うんだ、このままじゃ一揆になるって脅かしてやるべ」

「けんど、一揆になったって、あっちは潰すだけだ。脅しになるのかよ」

ひそめた声がううむ、という唸りに変わる。

加門は反対側の襖に寄った。

耳を付けると、こちらからも男達の声が伝わってくる。

「とにかくあの水路を取り戻さにゃ、今年は飢え死にになるぞ」

また飢え死にか……。加門は眉を寄せる。

「それよりも年貢を昔に戻してくれるよう、頼んだほうは早いんでねえか」

若い声に年寄りの声が被《かぶ》さる。

「馬鹿こくでねえ、そんたらこと、聞いてくれるわけねえでねえか」

「ああ、そんたらこつ言ったら、お上に楯突《たてつ》く気かと逆にお咎めを受けっぞ」

こちらは四人いるらしい。

加門はそっと廊下に出た。

端まで歩くと、息を吸って、また戻って来た。が、右隣の部屋の前で止まった。襖に手をかけて開ける。

中の三人が驚いた顔で加門を見上げた。

「ああ、こりゃ、すまんこってす」加門は腰を曲げる。

「隣なもんで、間違えやした」

ああ、と三人の顔は苦笑に変わった。

「どっから来なすった」

一番年長らしい鬢の薄い男が、微笑みに変えて言う。

「へえ、下野《しもつけ》から、今日、着いたところで」加門はにこやかに会釈をした。

「なんもわからないで、おたおたしているところで……そちらさんはもう長く逗留《とうりゅう》なすってんですかい」

「ああ、もう十日を過ぎたな」

年少、といっても中年の男の笑顔に乗じて、加門はするりと足を踏み入れた。

「そいじゃ、ちょいと教えてもらいてえんですが、かまいませんか」

「ああ、かまわん、入れって」

もう一人の白髪混じりの男が手招きをするのに頷いて、加門は三人の輪の中に座り込んだ。

「いやぁ、江戸っつうとこは、聞いてはいたけどなんとも……」

加門は江戸の賑わいや、人の多さに驚いたなど、当たり障りのない話をする。

「んだな、おら達も初めはびっくりこいた」

「うんだ、道に迷っておかしなとこさ入って……」

「あれはおめえが悪いんだべ」

三人も頬を弛めて、それぞれに言葉を重ねる。

加門は笑みをしまって、神妙な顔になった。

「おらの村では、年貢を納め切れねえで逃げ出すもんが出て困ってるんで。なんとか年貢を下げもらいてえ思ってここまで来たんだけんども、どうだろか」

「おめえのとこもか」年長の男が顔をしかめる。

「おらの村でもおんなじだ。もう売れる娘は全部売り払っちまって、嫁にできる娘もいやしねえ。そんだからよけい、若い男はさっさと逃げ出してしまうのさ」

「ああ」年少の男がひそめ声で頷く。

「赤子が生まれても間引くしかねえ。年寄りは姥捨《うばす》てだ。それでもやっていけねえから あっちこっちで一揆や打ち壊しが起きてるのよ」

「んだ」白髪混じりが腕を組む。

「年貢を上げたと思ったらまた上げる。ここいらで止まるかと思ってもまた上がる。これじゃあ、いっくら米を作っても追いつかねえ」

「ああ、田んぼなんてキリがある。いくらお上《かみ》が作れと言ったって、できねえもんはできねえんだ」

年長の男がしわを深めて言い捨てると、中年の男も声を荒らげた。

「目安を入れたけんど、なんも変わらねえしな」

えっ、と加門は身を乗り出す。

「目安を出したんですかい」

「んだ、二度も出したんだ」

その頷きに、白髪頭も続く。

「そうさ、杉山村だって目安を入れたってえ話だ、けど、音沙汰《おとさた》も呼び出しもないまで、あーんも変わらねえ。そんだから一揆を起こしたんだろうよ」

「音沙汰もなし、ですかい」

加門の問いに、三人が頷く。

「んだ、あっちこっちから江戸まで来て、いろんな者が目安を入れたっていう話よ。けんどお取り上げになぞなりゃしねえ」

「うんだ、目安なんぞ出したってむだだって、みーんな、あきらめてるさ」

「そんなこったか……おらも目安を出そうと思ってたけんども、そんならやめたほうがいいべか」

加門はあきれ顔を作って見せた。

「ああ、やめとけ」

「んだ、むだだ」

首を振る三人を見ながら、加門は口中《こうちゅう》でつぶやいた。調べることが増えたな……。

五

医学所の講義が終わって、加門は奥へと戻って行く将翁のあとを追った。

「なんじゃ」

振り向いた将翁は、加門に来い、と顎をしゃくって奥の部屋と入った。

「あの、先生は大岡越前様にお薬をお届けしてるんですよね」

「ああ、そうじゃ」将翁は声を落とす。

「越前様は痔《じ》を患っておいでな、ひと月ごとにその薬をお持ちしておる」

「次はいつ、行かれるのですか」

「なんじゃ」将翁が上目で見る。

「越前様に会いたいのか。そなた、一度も会うたことがないのか」

「はい」

加門を将翁につなげてくれたのは大岡越前守忠相だ。そのあいだには西の丸の大岡忠光が入っている。それを将翁に言ったことはない。

「ふうむ、なれば連れて行ってやろう。毎月二十五日と決めてあるでな、夕方申《さる》の刻

（四時）に参れ」

「はい、ありがとうございます」

加門は頭を下げた。


二十五日、申の刻過ぎ。

大岡越前守忠相の屋敷で、加門は正座の背筋を伸ばしていた。横では将翁が持参した何種かの生薬《しょうやく》を確かめている。煎じるための薬材だ。

ほどなくして、障子が開けられ、忠相が入って来た。

前に座った忠相に、加門は深々と低頭する。

「ああ、かしこまらずともよい、新しい内弟子か」

笑みを向けられた将翁は、小さな咳払いをして、

「弟子は弟子ですが、これは越前様のご紹介にて来た者です」

「は、宮地加門と申します。西の丸の大岡出雲守様のご配慮によりおつなぎいただき、阿部将翁先生の元で学んでおります」

加門が低頭したまま言葉を発すると、忠相は、

「出雲守……ああ、そうか、忠光殿に頼まれた一件であったな」と膝を叩いた。

「はい、おかげさまをもちまして、将翁先生には医術のほかにもいろいろとご薫陶《くんとう》を受けております。ありがたき縁と感謝しております」

低頭したままの加門に、忠相は手を振った。

「よいよい、顔を上げよ、そうか、そなたであったか」顔を上げた加門を見つめて、忠相は頷く。

「忠光殿から秀《ひい》でた若者と聞いたぞ。御庭番の二代目のなかでは最も聡《さと》く、家重様のおおぼえもめでたいという話であったな」

はっ、と加門は息を呑んだ。将翁は加門が御庭番であることを知らない。思わず手を握りながら、眼《まなこ》を動かして隣の将翁を窺った。将翁も横目でこちらを見ており、互いの眼差しが宙でかち合う。

加門は唾を呑み込む。が、将翁はそのまま眼差しを正面に戻して、何食わぬ顔で忠相に頷いた。

「さようで。確かに呑み込みも早く、才がありますな」

「いえ」と加門はかしこまりつつ、話題を変えようと言葉をつないだ。

「皆様のおかげ……いえ、出雲守様にお引き立てを賜り、越前守様のご高配を頂きましたこと、お礼の申し上げようもありませぬ」

「ああ、楽にするがよい。そういえば、忠光殿とは最近会うていないが、変わりはないか」

「はい、お変わりなきごようす。家重様……いえ大納言《だいなごん》様からのご信頼も、ますます篤くなられているようでございます」

ふうむ、と忠相は頷く。

「忠光殿は生真面目であるからな、それも買われておるのだろう。家重様の小姓となって以来、忠義《ちゅうぎ》の篤さは見事なものよ。最初に上がったときから、日々、片時も離れずに、耳をそばだて、お言葉を解するために務めておったからな。あれは誰にでもできるものではない」

「そうだったのですか」思わず口にした加門は慌てて、肩をすぼめた。

「すみませぬ、出雲守様は才がおありなのだと思っておりましたもので」

「才か」忠相が苦笑する。

「なんの、才だけであれだけのことができるはずもない。そなたも家重様にお目通りしたことがあるのなら、お言葉を解する難しさを知っておろう。ここだけの話だがな、忠光殿の苦労はひと方ならぬものであったのだ」

「ほう、それはわしも意外ですな」将翁が目尻のしわを動かす。

「越前様を筆頭に、大岡家のお方は優れたお方ばかりと思うておりました」

「まさか……すぐれたどころか汚点も多い。そのために大岡家の者はよけいに励まねばならんのだ」

「汚点……」

つぶやく加門に、忠相は頷いた。

「綱吉《つなよし》公の時代には、ご不興を買って遠島になった者もおるくらいだ」

「ああ、それは聞いたことがありますな」将翁が口を開く。

「されど、正しきことを言うたのでありましょう。確か、そのお方は三年で許されて江戸に戻られたのでしたな。綱吉公は生類憐《しょうるいあわれ》れみの令など、いろいろとありましたゆえ、その方は率直に物申したのでしょう。正しき意見をされると、それが正しければ正しいほど、人は怒るものですからな」

将翁のしたり顔に、忠相は笑い出す。

「いや、そう言われると、なにやら気が楽になる。まあ、そのような話だけであればよいのだが……」

すぐに笑みの消えた顔に、将翁は話題を変えようと加門を見た。

「そなたは、なにか頼み事があったのではないか」

「え、いえ、頼み事ではなく、お尋ねしたきことが」

加門の言葉に、忠相は眼を向けた。

「ふむ、なんだ、言うてよいぞ」

「はい、目安箱なのですが……」

享保六年（一七二一）、目安箱の設置に尽力したのは忠相だ。もともと吉宗は紀州《きしゅう》藩主時代、城門の前に訴状を受ける箱を置いたことがあった。町奉行であった忠相は、それを制度としたのである。さっそく投書をした小川笙船《おがわしょうせん》の訴えは取り上げられ、貧窮の民に医療をという提案は小石川養生所の設置となった。ほかにもいくつもの意見が公儀によって、採用されている。

「目安はすべて上様がお読みになられるとのこと。そのうちのいかほどがお取り上げになるのでしょう。年貢について、百姓がずいぶんと訴えているようなのですが」

「ふうむ、ずいぶんと率直に訊くな」忠相は眉を寄せる。

「目安の訴えといってもなかには取るに足らぬものもあるし、お門違《かど》いのものもある。己の利益を図るものも、人を陥れようとするものもあるのだ。それらはむろん、うち捨てられる。しかし、読むべきものは、上様は御自身に向けられた批判さえも、きちんと読まれておる。以前に浪人からの投書があってな、それは上様は藩主の頃の小さい心根が抜けておらず、公儀を司《つかさど》る器の大きさがない、と真っ向から批判するものであった。上様はそれを家臣らに見せて、このような率直な意見もある、と仰せられたのだ。まあ、その者の提案は取り上げられることはなかったがな」

「そうですか、目安は出せばなんとかなるというものではないのですね」

う、む、と忠相は顔を横に向けた。

「まあ、わたしも上様からいろいろな目安を見せられたが、取り上げるべき目安は少ない。すでに御政道として決まったものを揺るがすほどの意見はないのだ」

「なるほど」と加門は、頷く。

年貢の増徴はすでに決められたこと、それにいくら異を訴えてもむだだということか……。と、こぼれ出そうな息を呑み込む。

「もうよいか」将翁が横から加門を覗き込んだ。

「越前様を疲れさせてはならんぞ」

そう言って、持参した薬箱を開ける。

「お顔の色が戻りませんな、またおやせになったようにも見える」

将翁は忠相の前に寄って行くと、その顔を見つめた。

忠相の顔には血の気がなく、頬もそげている。加門もうすうすそれには気がついていた。目通りしたのは初めてだが、忠相が町奉行であった頃、城中の庭から姿を見たことが何回かある。そのときの面立ちと比べれば、確かにやつれて見えた。

将翁は忠相の脈をとると、眉を寄せた。

「先にお渡しした煎じ薬は服《の》まれましたかな」

「うむ、服みましたぞ。先生の言うことはちゃんと聞いております」

忠相の言葉に、将翁は薬の包みを並べた。

「こちらの痔の薬はいつものとおり。今日は気を補う薬を増やしましょう。気苦労があると、気の巡りが悪くなりますからな、この薬で補ってくだされ。煎じ方は書いておきましたから、御家臣に渡せばよろしい」

「これは、かたじけない……」

忠相の微笑みに、将翁は胸を張る。

「なんの、越前様は上様の信篤き御家臣、この年寄り、お元気をお支えできればうれしいかぎりじゃ」

将翁はゆっくりと立ち上がりながら、加門を振り向く。

「よし、では帰るぞ」そう言いながら、にやりと顔を歪めた。

「御庭番の二代目、加門」

「はい」加門は飛び跳ねるように立って、思わず頭を下げる

「すみませんでした」

忠相はそんな二人を、不思議そうに見上げていた。

第三章　黒の追っ手

一

外桜田の御庭番御用屋敷を出て、加門は長い塀の続く道を歩き出した。

町人髷は妹の芳乃に結ってもらったばかりだ。着流しに羽織姿で、手には商人らしく張面を提げている。

春風に吹かれながら、加門は番町の坂を上り、小さな旗本屋敷が並ぶ道を進んだ。旗本といっても、最も多いのは二百石取り以下の小身だ。門構えも塀の向こうに覗える屋根も、簡素だ。

加門はゆっくりと小さな門を窺いながら歩く。表札が出ているわけではないから、どの屋敷が誰のものなのかはわからない。頼りは、細かに名が記された切り絵図だ。

頭に入れてきたその切り絵図を思い起こしながら、加門はこの辺りか、と足を緩めた。と、同時に足音に気づいて、振り返る。供二人を連れた武士が、下城してきたのだろう、こちらにやって来る。

加門は商人らしく腰をかがめながら、そちらに寄って行った。

「恐れ入りますが、山瀬勝成様のお屋敷はどちらでしょう」

武士は足を止めて、眉を寄せる。

「山瀬殿の屋敷は、その二軒先だ。しかし、引っ越しをされて、もうおらぬぞ」

「引っ越し……」加門は驚きの面持ちを作った。

「それは、では、お役を辞められたんでしょうか、なんでまた……」

旗本屋敷は公儀から与えられているものであるため、役を辞すれば、そこで暮らすことはかなわない。

武士は眉間《みけん》のしわを深めた。

「よくはわからぬが、病という話だ。御妻女《ごさいじょ》に続いて御息女《ごそくじょ》も亡くなられたので、大変であったのであろう」

「それはお気の毒なことで」

加門も眉を寄せて頭を下げた。が、その顔を上げると、さらに顔をしかめて見せた。

「いや、しかし困りました……あの、それでは勘定所の御同僚の方は近くにおられませんか。確か村井様というお方が同じ役所であったと聞いております」

「村井……」武士は首をひねり、それを振った。

「知らぬな。されど、勘定所の役人ならば、そら、左の五軒先の川崎《かわさき》殿がそうだ」

武士が指を差す方向を見て、加門は上体を曲げて頷いた。

「さようで、これは助かりました。ありがとうございました」

うむ、と武士はまた歩き出した。

加門はそれよりも足早に、教えられた屋敷へと向かう。

妻女と息女が死んだのか、それでは自身が病を得てもしかたがないな……。そう胸中でつぶやきつつ、五軒先の屋敷の前に立った。

「もし、ごめんください」

加門の大声に、潜り戸が開く。顔を出した中間《ちゅうげん》に、加門は腰を曲げた。

「川崎様はご在宅で」

「ああ、お戻りだ、何用か」

「はい、山瀬様を訪ねて参ったのですが、引っ越しをされたということで、少々お伺いしたく……」

愛想笑いを浮かべる加門に、中間は戸を開いた。

「中で待つがいい」

内側に入ると、中間は玄関に走って行った。ほどなく、主の川崎が現れた。

「なんだ」

へい、と加門は手にしていた帳面を掲げた。

「山瀬様に掛け売りの代金を頂きに参ったのですが、引っ越しをされたと聞きまして……」

なに、と川崎の顔が歪む。

「山瀬殿が掛けの代金を踏み倒すはずがない。年末に支払いをされたであろう」

「ああ、すみません」加門は慌てて手を振った。

「実はうちのほうが勘定を間違えていまして、今頃になって、小さな不足を見つけたもんですから……あのう、お引っ越しはいつ、されたんでしょう」

ふむ、と川崎が口を曲げる。

「師走《しわす》の大晦日《おおみそか》だ。お役を退かれてな、仕事納めのあと、屋敷を引き払われたのよ」

「お屋敷を……では、中間や小者はどうされたんでしょう」

「そのようなことは知らぬ。もともと口入れ屋を介して来た者だったはずだ、そこに戻せばいいだけのこと」

「はあ、なるほど」

川崎の素っ気ない態度に、加門は首をかしげた。

「では、山瀬様はどちらに移られたんでしょうか」

わかってはいるが、行きがかり上問う。

「知らぬ」

顔をそむける川崎を、

「お役所にはおっしゃらなかったので」

と、加門は斜めから覗き込んだ。川崎はさらに顔をそらす。

「言うてはおらぬ。辞めてしまえばもはや無縁の者。誰も関わりはない」

その態度は関わりたくない、と言っているように見えた。

「しかし……」

さらに言葉をつなげようとする加門を、川崎はつっと見た。その目で上から下までを睨《ね》めつけると、上背のある加門を見上げた。

「そのほう、どこから来た」

その問いに、加門ははっと息を呑んだ。

しまった……。いつの間にか背筋が伸びていたことに気づく。

「へえ、日本橋の相模屋《さがみや》からで」

慌てて腰を曲げて、頭を下げる。と、同時にうしろへと下がり、再び頭を下げた。

「いや、お邪魔をしました、失礼します」

じっと見つめる川崎に背を向け、加門は戸口へと向かった。

道に出ると、背を丸めたまま早足で来た道を戻る。

辻を曲がってから、加門はほうと息を吐いた。

未熟者め、と自らの頭を叩くと、帳面を握り直して歩き出した。


「戻りました」

御用屋敷に戻った加門は、無造作に草履を脱ぐ。

「お戻りなさいませ」

部屋から上がった揃った二つの声に、加門はおや、と廊下に立ち止まった。

妹の芳乃と並んで、村垣家の千秋《ちあき》がいた。清之介の妹だ。

「まあ、今日は商家の手代ですね」

にこにこと見上げる千秋に、加門は「いやまあ」と苦笑しながら中へと入った。向

かいに座った加門の頭を見上げて、千秋は、

「その髷は芳乃さんが結われたそうですね、次はわたくしにさせてくださいませ」

と、身を乗り出す。加門は首を振って身を反らした。

「だめです」

男の髷は自身で結うか、男に頼む。女には結わせないのが習いだ。

「まあ、なれど、芳乃さんはいつも結っているではないですか」

「それは、妹だからです」

加門が首を振ると、千秋は小さく頬をふくらませた。

「まあ、つまらない」そう言いつつ、笑顔になる。

「加門様、わたくし新しい術を覚えましたの。鳥の真似です」

こほんと咳払いをして、口を開くと、

「ツピツピツピ……」

高い声で喉を鳴らした。

「これは四十雀《しじゅうから》、次は雉《きじ》です。ケーンケーン……」

ほう、と加門は目を瞠《みは》る。

千秋の生まれた村垣家は忍びの術に長《た》けている。祖父の吉翁《きちおう》がすでに隠居をし、今

では御庭番の二代目や三代目に、声を変える変声術や面立ちを変える変相術、姿を変える変装術などを教えているのだ。千秋はそうした術を覚えるのが得意で、兄以上に長けていると皆も認めている。

「本物の鳥のようだ、よくそんな音が出せますね」

加門の言葉に、千秋はうれしそうに喉を指で差す。

「はい、ここを震わせるのです、チチチチ、とね」

へえ、と加門も真似をする。が、高い音は出ない。

「ううむ、ではこうかな、ケーン……」

雉の真似をする。

「まあ」と芳乃が笑い出した。

「兄上は口まで尖ってますよ」

む、と加門は口を閉ざす。千秋は笑わずに、

「お上手《じょうず》です」

と手を打った。

「そうか」

加門は頰を弛めつつも、傍らに置いた帳面を部屋の隅へと投げた。

芳乃は首をかしげて、

「そのお姿はいけなかったのですか」と問う。

「もしや、首尾が……」

「ああ、いや、姿のせいではない、わたしの失態だ」

「失態とは、加門様にしてはお珍しい」

千秋の言葉に加門は苦笑する。

「そんなことはない、失態だらけだ。姿を変えても相手が町人や百姓ならば、合わせていられるんだが、侍相手だといつの間にかつられて、こっちの本性も出てしまうのだ。未熟者ということだな」

溜息を吐く加門に、千秋は膝で進み出た。

「あら、失態など気にするな、といつも爺様《じじ》が言っております」

「吉翁が」

「はい、武士は失態を恥とするが、商人は失態など気にしない。それよりも儲けのほうを大事にする。恥にとらわれれば足が止まるが、儲けを目指せば足が進む、と」

千秋の笑顔に、加門もつられる。

「なるほど、終わった失態にくよくよするよりも、得たものを活かして次へ進め、ということか」

はい、と頷く千秋を加門は改めて見て、だから、清之介も千秋もいつでも朗《ほが》らかなのか、と得心する。

「されば、儲けはあったのですか」

微笑む芳乃に、加門は笑みを返す。

「うむ、あった、さらに儲けをつかまねばならん」

二

着流しの浪人姿で、加門は大川に架かる永代橋を渡った。

米問屋の三登屋が佐賀町にあることは、すでに調べが付いている。主は弥三郎《やさぶろう》という、以前は高間伝兵衛の米問屋で番頭を務めていた男だ。

その三登屋の前を加門はゆっくりと通り過ぎた。すでに三月になり、春の風を呼び込むように戸口も開けられている。小売《こうり》の米屋らしい男が、買った米を大八車《だいはちぐるま》に積んで、引いて行く。

三登屋の間口は四間（一間は約一八〇センチ）ほどだが、奥行きがあるのがわかる。

軒や屋根の造りも立派だ。

加門はそこを通り過ぎて、大川端へと向かった。

川縁に荷運び用の茶船《ちゃぶね》が着き、荷揚げ人足達が味噌樽《みそだる》を積み込んでいる。元禄《げんろく》の頃、赤穂浪士《あこうろうし》が吉良上野介《きらこうずけのすけ》の首を掲げて永代橋に着いたとき、甘酒を振る舞ったちくま味噌の味噌蔵があるのだ。

「そら、急がないと潮《しお》が引くぞ」

すぐ先の河口を見ながら、人足頭が采配《さいはい》を振るっている。

人足達が荷を積み終えると、船はゆっくりと海へと下って行った。

人足頭はそれを見送ると、満足気に川に背を向けた。

町へと歩き出した人足頭のあとを、加門はそっと付ける。

酒屋に入ると、「酒をくれ」と人足頭の声が上がった。

昔は売るだけだった酒屋が、いつしか店先で酒を飲ませるようになっていた。簡単な肴《さかな》まで出すようになり、客は酒屋に居座る。それが居酒《いざけ》と呼ばれるようになり、居酒屋に変わりつつあった。

加門は人足頭の横に立ち、「こっちにも酒だ」と声を上げた。

ぷふぅ、とうまそうに酒を流し込む人足頭の横顔を見ながら、加門もぐい飲みを傾けて、独り言のようにつぶやいた。

「これはうまい酒だな」

その声に、おう、と人足頭がこちらを向く。

「ここにはあっちこっちからいい酒が運ばれてくるからな、外《はず》れもんはねえよ」

「へえ、そうか。この辺りは景気がよさそうだしな」

気さくな加門の返しに、へへ、と人足頭は頷く。

「あたぼうよ、お江戸の台所を預かってるんだ、ここいらはよ」

「ああ、歩いて来たが米問屋が多いな、三登屋など立派なものだ」

加門の言葉に、人足頭は頷く。

「ああ、あっこは高間屋《たかまや》の分家みたいなものだからな。知っていなさるだろう、高間伝兵衛は」

「ああ、それは……あの打ち壊しをされた御用問屋だろう。三登屋はその暖簾《のれん》分けなのか」

「そうさ」人足頭は声をひそめた。

「三登屋の旦那は弥三郎ってえんだが、高間屋の番頭頭《ばんとうがしら》をしてたのよ。そいで、伝兵衛の親類の娘をお内儀にしてな、新しく米問屋を開いたってわけさ」

「米問屋を開くには御公儀の許しがいるはずだろう、よく開けたな」

「そこさ、なにしろ高間伝兵衛は上様にもお目通りをしたってえ御用商人だ。勝手掛の老中首座様からも頼りにされてるってえんだから、お許しをもらうなんてえのは朝飯前ってことよ」

　得意顔の人足頭に、加門はほうと感心した表情を向けた。

　そこまで知れ渡っているのか、町方の噂も大したものだ……。と、本当に感心する。

　加門は人足頭の地炉利《ちろり》が空《から》なのを見て、自身の地炉利を差し出した。

「どうだ」

「お、そいつは……ごちになりやす」

　手酌《てじやく》で酒を注ぐと、ぐいと顎を上げる。

　加門もそれに倣《なら》うと、人足頭はにっと笑った。

「旦那はいけるクチだね」

　いやまあ、と加門は「酒をくれ」と追加する。人足頭は相好《そうごう》を崩して、ついと加門に身を寄せた。

「それにな」さらに声を落としてにやりと笑う。

「三登屋のお内儀はな、実は伝兵衛の娘なんだ」

「娘……親類ではないのか」

加門の驚きに、人足頭はくくく、と笑って肩をすくめる。

「そりゃあ、あくまでも表向き、本当は妾《めかけ》に生ませた娘ってえ噂でね、そりゃ、見れば一目瞭然《いちもくりようぜん》、顔がそっくりときてる」

へえ、と加門は目を見開く。

「それは、伝兵衛というのは大層な遣り手だな」

「ああ、そりゃぁもう……あの打ち壊しのあとだって、しょげた振りをしてたけど、さっさと財を三登屋に移して、家だって、こっそりと別邸を建てたくらいだ」

「別邸……壊されたあと、小さく建て直したと聞いたが」

「だから、そこが抜け目のないところさ、表向きは質素にして、別の所に気の利いた町屋敷を建てたという寸法さ」

運ばれた地炉利を、加門は先に人足頭に渡した。

「どこに建てたというんだ」

「州崎《すざき》さ、豪勢なものだろう」

人足頭は地炉利を受け取って、ふんと鼻を鳴らした。

酒屋を出て、加門は三登屋へと戻った。

さまざまな話を聞いてから仰ぐと、立派に見えた軒や屋根が、どこか汚れて映る気がした。

「旦那様がお出かけだ」

店の中から声が上がった。

弥三郎か、と加門は道の端に身を寄せて、見守った。

現れたのは、背は低いが丸く肥えた男だった。丁稚《でっち》を従えて出て行く主を手代らが腰を曲げて見送る。

道を南へと進んでいく弥三郎を、加門はそっと付けた。

まもなく道は途切れ、大島川《おおしまがわ》へと突き当たった。

大川へと流れが注ぐこの河辺には、大小の船宿が並び、水面には小舟が繋がれている。弥三郎の姿を認めたらしく、宿の中から船頭が現れ、棹を手に取った。馴染《なじ》みの舟と見え、舳先《へさき》はすぐに川上へと向けられた。

川上には州崎がある。

どうする、と加門は川に立つ波を見た。

すぐ目の前に海が広がるこの辺りは、潮の満ち引きが川にも入ってくる。今は潮が引きはじめているため、流れは河口へと向かっている。それに逆らって川上へと棹を差す船頭の腕は、力一杯なのが目に明らかだ。舟の進みは遅い。

よし、とつぶやいて、加門は歩き出した。

州崎には一度だけ行ったことがある。それほどの距離ではない。

早足で人の行き交う深川の道を進んだ。

まもなく、州崎の岬が見えてきた。青い海原や遠く富士の山が望めるこの地は、風光明媚《めいび》な景勝地として、昔から人々が訪れていた。その地に弁財天《べんざいてん》を祀《まつ》る神社を建てたのは、徳川綱吉の母桂昌院《けいしょういん》だ。江戸城紅葉山の弁財天を勧請《かんじょう》し、海に突き出た岬に朱塗りの社を造営したのである。その神社がさらにこの地の趣《おもむ》きを豊かにし、ますます人が訪れるようになった。

大島川沿いからこの州崎にかけては、海辺の美しさと涼しさを求めて、大名の下屋敷が多い。州崎の周辺も、大名屋敷のみならず、大小の町屋敷が点在する。

州崎の岬の手前で、加門は息を整えながら、水辺へと寄った。

ゆらゆらと揺れながら、小舟がやって来る。弥三郎の姿がその上で揺れていた。

松の木陰に身を隠して、加門は弥三郎が陸を歩き出すのを待った。

岬から離れて、弥三郎は歩いて行く。加門もそれを追う。

しばらく行くと、黒板塀《くろいたべい》を巡らせた町屋敷が見えてきた。弥三郎は板戸を開けて、中へと入って行く。

ここが伝兵衛の別邸ということか……。加門は形よく刈り込まれた松の木を見上げた。広さを窺わせる庭から、二人の男の太い笑い声が伝わってきた。

三

江戸城本丸。

加門は東の石垣の上に立った。石垣の下には濠があり、その向こうには二の丸と泉の湧く庭園がある。さらにその向こうにあるのが三の丸と下勘定所だ。そこには深川の長屋に山瀬勝成を訪ねて来た村井平四郎がいる。

しかし、今はまだうかつに近づけない、と加門はそれを見つめながら思う。米問屋不正を目こぼしする代わりに賄賂もらっている役人とは誰なのか……。下手な動きをすれば、突き止める前に相手に気づかれてしまう。

加門はくるりと背を向けると、石垣の上から下りた。本丸の表を回って、御広敷の庭へと戻ろうと歩き出す。

人々が出入りする表を通り過ぎて、加門は庭へ進む。と、背後から呼び止める声があった。

「加門ではないか」

近づいて来るのは西の丸の大岡出雲守忠光だ。家重の御側衆《おそばしゅう》は、ときどき使いで本丸を訪れる。

「あ、これは……」

加門はかしこまって礼をする。

忠光は足をそのまま進め、共に歩こうと、目で語る。

「先日、忠相様に会ったそうだな」

年上の忠相に対する敬意だけでなく、その声音には敬愛が感じられた。

「はい、阿部将翁先生に付き従って、お屋敷に伺いました」

「ふむ、その将翁先生とやらは、どのように診立《みた》てておられた」

「そうですね、気苦労が多くあられる、と判断されて、気の巡りをよくする薬を出されていました」

「気苦労か、やはりな」忠光は眉を寄せた。

「わたしも最近、面《おも》やつれがひどいと気になっていたのだ」

その横顔を、加門はおずおずと見る。

「わたしも対面させていただいたのは初めてですが、町奉行をなさっていた頃よりも、お疲れとお見受けいたしました。寺社奉行というのは、それほどお忙しいお役目なのでしょうか」

「忙しい、か……そうではない、別の気苦労があるのだ」

「別の」

うむ、と忠光は通り過ぎた本丸の表を振り返る。

すでに中奥も過ぎて、大奥の庭へと足は向かっていた。そこから左へと、忠光が向きを変える。

「西桔橋《にしはねばし》御門を抜けて西の丸に戻る、加門、そなたもつきあえ」

「はい」

御門を抜けると、下りの狐坂《きつねざか》だ。濠に架かった西桔橋を渡れば、その先には吹上の庭や紅葉山があり、その東に西の丸がある。そこに至る道は人影もまばらだ。

狐坂を下りながら、忠光はうしろの加門を振り返った。

「もともと我らが大岡家は、大した身分ではない。譜代《ふだい》といっても家康《いえやす》様からお仕えした家で、徳川以前の松平家に代々お仕えしてきた家から見れば、新参者だ。このお城には、そうした古くからの御家臣がたくさんおられるからな」

「はぁ」加門は頓狂《とんきょう》な声を上げた。

「そうなのですか、家康様からの御家来となれば、充分に古いお血筋と思いますが。我ら御庭番など、上様に連れられてお城に入った、さらにさらにの新参者ですし」

加門の言いように、忠光は笑う。

「ああ、そうだな、されば、いやがらせをされたことはないか」

「はい、あります。家康様以来の伊賀者《いがもの》などには嫌われて、こんな下っ端のわたしでさえ、いやがらせを受けます」

「うむ、人というのはそういうものだ。おまけに大岡家には失態もあってな、侮《あなど》られているのだ」

「失態……」加門は忠相の話を思い出す。

「遠島になったという……」

「ああ、忠相様が話されたのか、それもあるが、もっと厄介な恥があるのだ」坂の途中で忠光は足を止めた。

「しばらく前に、上役と言い争った挙《あ》げ句《く》に斬り殺してしまった者が大岡家から出てな、一族も罰を受けて、一時閉門となったのだ。忠相様のお家もな」

それは、と加門は声を呑み込んだ。忠光は苦笑する。

「御不興を買って遠島になったお人といい、大岡家にはかっとなりやすい血が流れているのやもしれん。だからこそ、忠相様もわたしも気を穏やかに持ち、人以上に務めているのだがな」

　そう言ってまた歩き出した忠光の背に、加門は、

「そうでしたか」とつぶやく。

　坂を下りて橋を渡ると、忠光は蓮池濠《はすいけぼり》沿いの道を進んだ。周りには誰もいない。足を緩めて加門と並ぶと、忠光は低い声で話し出した。

「忠相様は御加増をいくども得たが、それでも五千九百石……一万石には届かない旗本だ。しかし、寺社奉行というのは一万石の大名がなるものと決まっている。奏者番《そうじゃばん》を兼ねるというのも習いだ」

　はあ、と加門は頭の中で記憶をたぐった。大岡忠相は二年前に町奉行から寺社奉行に任命された。が、奏者番には任命されていない。

「それは異例ということですか」

「うむ、そうだ。ほかの三人の寺社奉行は、皆、大名で奏者番を兼ねている」

「越前様は格別の出世をされたということですね」

加門の言葉に、忠光はふっと失笑した。

「まあ、それも真《まこと》のことではある。だがな、それは周りにしてみればなんとも面白くないことに違いない。妬《ねた》みであろうがな、忠相様はいやがらせを受けているのよ」

「いやがらせ……」

かすれた加門の声に、忠光は眉を寄せて頷く。

「そうだ、寺社奉行には表御殿に詰め所がある。正しく言えば寺社奉行奏者番の詰め所だ。が、忠相様は奏者番ではない、という理由で、その詰め所に入れてもらえぬのだ」

「そのようなことが……なんと馬鹿げた……」

思わず荒らげた加門の声に、忠光は眉間のしわを深めて頷く。

「うむ、馬鹿げたことだが本当だ」

忠光は息を吐きながら首を振る。

そんな、と唾を呑み込む加門を、忠光は見つめた。

「面やつれしたのはその気苦労ゆえと思うている。それゆえそなた、今話したことを阿部将翁先生に伝えてもらいたい。心労が深いことを知れば、薬の出し方も変わるであろう、この先もよく診てほしいのだ」

「はい」加門は背筋を伸ばした。

「将翁先生に必ず伝えます。確かに、気苦労は心身を損《そこ》ねますから、医者はそれを踏まえて処方を変えるもの、患者の暮らしを知るのは大事なこと、と日頃から教えを受けています」

「ふむ、そうか」忠光の眉間が和らぐ。

「そなたと話しができてよかった」

濠沿いの道から、西の丸の庭へと入る。

「ところで目安の件はどうか。探索は進んでおるのか」

「は……」加門の顔が、なぜそれを知って、と問うのを見て、忠光は眼を細めた。

「意次に聞いたのよ」

人のいないところでは、主殿頭という官名よりも長年呼び慣れた意次というほうが言いやすいらしい。

「ああ、そうでしたか。実は調べることがいろいろと多いもので、まだ、さほどに進展はしていないのです。とりあえず百姓の年貢は限界と記されていたので、その実状を探ったのですが、やはり困窮しておりました。目安にいくども訴えてみたものの、なにも変わらないという話も聞き、それで……」

「ほう、それで忠相様に尋ねたというわけか」

「はい。目安はお取り上げになるほうが少ない、というお答えでした」

頷く加門に、忠光の顔が歪む。しばし、立ち止まると、じっと考え込むようにうつむいた。

「それは、言えなかったのであろう……」

独り言のようにつぶやいて、忠光は顔を上げた。

西の丸の御殿は目の先に近づいており、庭には伊賀者や西の丸詰めの御庭番などの姿も見える。

忠光の言葉を待つ加門に、忠光は「いや」と首を振った。

「また、いずれ話すことにいたそう」

そう言って歩き出す。と、その顔を振り向けた。

「目安の一件は、大納言様もお聞きになって関心を持たれている。そなた、随時、意次に伝えてはくれぬか」

「はい」

と答えて、加門は屋根の重なる西の丸御殿の威容を見上げた。大納言家重が暮らし、意次が側に仕える御殿だ。

「ではな」

忠光はその御殿へと歩いて行った。

西の丸から出て、加門は本丸に戻る道を歩き出した。ここまで来たら、蓮池御門を抜けて、本丸の正面に回ったほうが近い。

本丸では一番高い富士《ふじ》見櫓《みやぐら》を見上げて、加門は表へと続く広場を進んだ。本丸を支える石垣が、高く長く聳《そび》えている。修復をしているらしく、いく人かの男達が、器用に石垣に上っていた。と、見上げていた加門の足が止まった。

あの男だ……。一人の男が、加門の目を捉える。浅黒の男だ。

加門は素早く下を通り抜けると、斜めから見上げた。石垣に手足をかけた男は、下を見る余裕などなく、仲間とやりとりをしている。

間違いない、あの浅黒の男だ……。加門はつぶやく。

石垣や橋などを修復するのは黒鍬組《くろくわぐみ》の仕事だ。黒鍬者とも呼ばれるその男達は、家康が三河《みかわ》にいた頃から仕えている古参だ。さらにその従属は、戦国の世の松平家にも遡《さかのぼ》る。戦乱の時代には、戦死者の運搬や埋葬も行い、陣地や橋の造営にも従事したと伝わる人々だ。それが家康の江戸入府にも従い、江戸城の造営にも携《たずさ》わって、そのまま徳川家に仕えている。今も四百人以上がおり、若年寄支配の黒鍬組として、公儀の組織に組み込まれた。

しかし、その身分は低い。黒鍬者の禄は十二俵一人扶持《ぶち》で、士分でなく、中間、小者の扱いだ。雑多な役目を負っているが、そのうちの一つに隠密としての役もある。

黒鍬者のうちの三名から四名ほどが、隠密の役目を担い、常御用《じようごよう》という役名で使われている。旗本や御家人を管理する目付が、探索する相手を探らせたりもするのだ。

が、その実態は、あまり知られていない。それ以外の者も、ひそかな命《めい》を受けることがあるらしいが、それも明らかにはされない。

黒鍬者だったのか、どうりで……。加門は眉を寄せながら、そっとその場を離れた。

四

深川の東永代町。

孫七郎店の山瀬勝成の部屋で、加門は胡座をかいて戸口を見つめていた。

三月分の店賃《たなちん》はすでに払ってある。差配人は金さえ入れれば、と明け渡しを待ってくれることになった。

腰高障子の向こうから、人々の声が響いてくる。

「おとめちゃん、菜っ葉があまったから持って行くかい」

「あいよ、助かるね」

子供らの足音や声も前を行き交う。

「水ー、おいしい水だよ」

水売りの声がやって来る。

水道が届いていない深川の地は、水がない。海が間近なために、井戸を掘っても湧いてくるのは塩を含んだ水だ。ために、上水《じょうすい》の水を船で運び、さらに桶に移して売り歩くのが水売りだ。

「水、おくれ」

「こっちにも」

人々の声が重なり合う。

水を買うのか、大変だな……。加門は外の声を聞きながら、耳をそばだてた。しかし、と立ち上がって、狭い四畳半を歩く。ここで待てば村井が来るのではないかと、すでに何回か訪れていた。が、まだ会えていない。屋敷に行こうか、と考えもしたが、それはいささか不自然な気もしてやめていた。将軍の御下命による探索、ということは明かせないのだから、うかつな動きはできない。

いくどかやって来ているのだから、きっと来るはずだ……。加門はそう思いつつ、戸口の前を行き交う人影を見つめる。と、きゃあっ、と外から声が上がった。続いて高いわめき声が起きる。子供の泣き声らしい。

戸を開けてみると、転んだ子供が泣いている。周りの子らがおろおろと見ているのをかき分けて、加門は転んだ子供に駆け寄った。

「どうした、大丈夫か」

泣き声を上げ続ける男の子を立たせて見まわすと、加門はすぐに膝から滲《にじ》み出る血に気がついた。小石が入り込んでおり、もう片方の膝も土まみれだ。それを見ていると、背後から足音が響いた。

「末松《すえまつ》」

母親が走り込んで来る。子は母の顔を見て、ますます泣き声を大きくする。加門は顔を上げて母親を見た。

「きれいな水で洗ったほうがいい、ありますか」

「ああ、ええ、今、買った水が……」

母親は斜め向かいの家へ入って行くと、すぐに柄杓《ひしゃく》に水を満たして戻って来た。加門は子供の片脚を持ち上げると、柄杓を受け取って水を静かにかけた。顕《あら》わになった傷口から、そっと入り込んだ小石を取り除く。泣き声を大きくする子供を、母がうしろから抱えた。

「よし、じゃ、こっちもだ」

加門はもう片方の膝を持ち上げ、水を流す。

「いてぇよぉ……」

泣き声を上げる子に、

「大丈夫だ、すぐに終わるからな」

と、微笑みながら、土を丁寧《ていねい》に指で除いた。黒ずみはまもなくとれ、赤い傷口が現れた。それを指で差し、加門は母親を見た。

「晒しで巻いておいてください。膿《う》むかもしれないので、毎日、取り替えるのを忘れずに」

はあ、と頷いて、母は子を抱きしめる。

「ありがとうございます」

「いや、まあ大丈夫でしょう」

そう言いつつ、加門は子供の肩から腕を手で触った。脚もそうだが腕も細い。

「やせてますね。飯をたくさん食べさせたほうがいい。子供はやせていると、病にやられやすくなりますから」

「そりゃ……」母親の顔が歪む。

「食べさせたいのは山々ですけどね、こうお米が高くちゃ、三度三度というわけにはいきゃしないいんですよ。大根や菜っ葉を混ぜてお粥《かゆ》にするのが精一杯……」

加門は口を噤《つぐ》んだ。公儀が米の値を上げているのは、武士の暮らしを守るためだ。そうか、そのしわ寄せをこうして町人が受けているのか……。そう思うと返す言葉が見つからない。

加門は黙って立ち上がった。

山瀬の部屋に戻ると、外から戸を閉める。

帰るか……。つぶやきながら、加門は長屋を出た。

長屋の路地から表通りに出た加門は、前からやって来る侍に目を留めた。

四十絡みの侍が、供も連れずに一人歩いて、加門とすれ違う。男といえば職人が多いこの地で、武士の姿は人目を引く。振り返ると、そのうしろ姿は長屋に続く路地へと入って行った。

加門はそのあとを追う。武士は長屋の入り口をくぐると、まっすぐに歩いて行く。

止まったのは山瀬の部屋の前だった。

「山瀬殿、おらぬか」

その声に、加門は走り寄る。

「村井平四郎様ですか」

驚いて振り向いた顔は、訝《いぶか》しげに頷いた。

「いかにも……そなたは……」

加門は神妙な面持ちで、声を低めた。

「山瀬様はもうおられぬのです。お話ししたきことがありますので、外へ」

表を顎で示し、表へと歩き出した加門に、村井は黙って従った。

「どういうことか」

表通りで横に並んだ村井が加門の顔を覗き込む。それを見返すことなく、加門はまっすぐに前を指差した。

「ここでは人の耳もありますから、大島川から船に乗りましょう」

先日、三登屋を追ったときに、船宿に何艘かの船が繋がれていたのを加門は覚えていた。この辺りの船宿は大小さまざまな船を持っている。

宿に入って行くと、屋根船がちょうど空いていた。

船宿の桟橋《さんばし》から船に乗り込み「日本橋に」と、川向こうに舳先《へさき》を向けさせる。日本橋から上がれば、帰るのにもちょうどいい。船はゆらり、と漕ぎ出した。大島川からすぐに大川に漕ぎ出し、船はさらに揺れる。が、広い川面では、誰に話を聞かれる怖《おそ》れもない。

座敷で向かい合った村井はすぐに、

「山瀬殿はどこへ行かれた。そなたはどういう知り合いか」

身を乗り出して加門に質《ただ》した。正座をした加門は、すうと息を吸い込む。

「わたしは医術を学んでおります者で、宮地加門と申します」

「医術」

「はい」

御庭番であるとは言えない。そもそも相手が敵か味方かわからないのだ。加門は慎重に村井の表情を探りながら口を開いた。

「実は、山瀬様が襲われた場に、たまたま行き合わせたのです」

「襲われた……それはどういうことか」

いきり立つに村井に、加門はゆっくりとその出来事を語った。

「……で、相手は去ったのですが、山瀬様は傷が深かったので、わたしが学んでおります医学所へ運び込んだのです」

なんと、と村井の顔が歪んでいく。

「で……」

「はい……その翌日、二月の十二日に亡くなられたのです」

村井の口が震える。

「十二日……わたしは二十日の夜に一度、長屋に行ったのだ。おらぬようだったから帰ったのだが、そのときにはすでに死んでいたということか……」

村井が拳を握る。

やはり訪れていたのか……いやまてよ……。加門は沈思《ちんし》したあと、小首をかしげた。

「二十日というのは、翌日が目安箱の置かれる日であったためですか。村井様は山瀬様が目安を出すことを知っておられたのですか」

「目安のこと、そなたも知っておるのか」

「はい、山瀬様は多少の気を保っておられたので、目安をわたしに託されたのです。目安箱に入れて欲しいのだとわかりましたので、預かりました」

「では、投書したのか」

「はい、亡くなられたあとに……」

上様に手渡ししたとは言えないし、中を読んだことも言えない。相手のようすを探りながら、虚実を織り交ぜて話す。

「そうか、目安は出されたのか」

眉を寄せて上を向いた村井は、すぐに顔を戻した。

「ところで、宮地殿はいかにしてわたしの名を知ったのだ」

ああ、と加門は長屋の隣の男から聞いた話を伝える。

「で、もしやと『御役武鑑』を広げて、山瀬様と村井様のお名前を見つけたのです」

「そうであったか……そう、我らは同僚であった」

村井は肩を落として溜息を吐く。が、その顔をついと上げた。

「して、山瀬殿の遺骸はどこに運ばれたのだ」

「お身内がないということだったので、両国の回向院に葬られました」

「回向院か……では、そのうちに供養に参らねばな……いや、宮地殿にはすっかり世話になったのだな、礼を申す」

ほうと深い溜息をもらす村井の顔には悲痛が漂う。その面持ちに、加門は張りつめていた警戒心を緩めた。敵というわけではないらしい。

「お身内がないということは、山瀬様のお家はどうなったのですか」

「うむ……山瀬家はこれで途絶えた、ということになる。あの家も我が家も代々勘定方であったのでな、わたしも先代からよく知っているのだ。山瀬家のお子は、娘御の佐枝《さえ》殿一人だったために婿養子をとることになってな、実直さが見込まれて、勝成殿が婿となったのだ」

「なるほど……御養子だったのですか」

「ああ、先代も病勝ちであったために、すぐに家督相続もされたのだ。おそらく寿命を感じておられたのだろう、先代はほどなくして亡くなり、奥方もしばらくして後を追うように逝《い》かれた。父同士の仲がよかったので、わたしもすぐに山瀬殿と親しくなったのだ」

「そうでしたか、では山瀬様のお子は」

「うむ、残念なことに長男は生まれすぐに死に、長女も確か五歳であったか、病で亡くなった。次女の辰《たつ》殿は娘御になられたのだがな、昨年、母御に続くようにして、流《は》行《や》病《りやまい》で身罷《みまか》ってしまったのだ。縁談も決まりかけていたのだが、なんとも気の毒なことよ」

「それで山瀬様はお独りになってしまったのですね」

「ああ、すっかり気落ちして、見ていてもつらいほどであった」

村井の溜息とともに、船がぐらりと揺れた。

加門は窓を開けて外を見る。

船は大川から日本橋川に入ろうとしている。が、出入りの船が多いために、航路を譲り合って、ゆっくりと進んでいるのだ。

揺れに身を任せながら、加門は胸に留めていた疑念を口にした。

「山瀬様はお役を辞したために、目安を出されることにしたのでしょうか。それとも、目安を出すためにお役を辞されたのでしょうか」

幕臣の投書が禁じられてから、目安を出すために隠居した武士がいた、という話を聞いたことがあった。加門はそれがずっと胸の内に引っかかっていたのだ。

村井の顔が歪む。

「うむ、目安を出すために辞めたのであろうな。少し、具合を悪くしていたのもあったゆえ、踏ん切りが付いたのだろう。山瀬殿は、役所にいた頃から己の意見を堂々と述べる人柄でな、たとえ相手が上役であろうとも、異を唱えることに躊躇《ちゅうちょ》せん。だが……そういう者は役所では嫌われるのだ。上役の不興を買ってはたまらんと、皆、関わりになるのを避けるようになっておった。辞めると聞いても、わたし以外、誰も止める者はなかった」

そういうことか、と加門は得心する。山瀬の屋敷を訪ね、近くの同僚から話を聞いたさいに、素っ気なかったわけが納得できた。目の前の村井にも、困ったような表情が浮かんでいる。おそらく、堂々と味方することもできず、困っていたのだろう、とその面持ちから覗えた。

「山瀬様は正義のお心が強い方だったのですね」

加門の言葉に、村井が頷く。

「うむ、そうなのだ。なので上役の手抜きなども正面から指摘してしまい、睨《にら》まれることもたびたびでな……一本気もほどほどにしろとなんども忠告をしたのだが……」

村井の人の好《よ》さそうな苦笑に、加門は腹に力を込めた。鎌をかけてみよう……。

「なにやら上役の不正をつかんだと、話されてましたが……」

え、と村井の顔が強《こわ》ばる。

「そのようなことを言ったのか」

「はい、もうろうとされているときに、うわごとのように」

「そうか……。では、やはりそれを目安に記したのだな」そう言ってから村井は、はっと目を見開いた。

「山瀬殿を斬った男は、どうなったのだ」

その勢いに、加門はすまなそうに首を縮めて見せた。黒鍬者であったことを明かすことはできない。

「逃げられました。役人も調べているようですが、捕まっていません。あの、もしや目安の内容と関わりがあるのでしょうか。わたしも目安を出した以上、気になっていたのです。村井様はその上役のことをお聞きになっていますか」

いや、と村井は首を横に振る。

「山瀬殿は米問屋の三登屋が米の扱い以上に儲けを出していると、気になったらしい。で、それを見逃し、なにやら繋がっている役人がいるようだ、と言ったので、誰かと尋ねたのだがな、名は教えてくれなかった。その当人には一度、じかに問い質《ただ》したらしいがな、知らぬととぼけられたということだ」

「え、当人に問うたのですか」

驚きを顕《あら》わにする加門に、村井は苦笑する。

「ああ、知っておれば止めたのだがな。なにしろ御殿勘定所の役人という話であったからな、我らから見れば上役も上役……山瀬殿は怖れを知らん」

「それは、不正となれば、当人が認めることはないでしょう。ほかのお方に訴えはしなかったのでしょうか」

「一応、下勘定所の上役には言ったらしい。が、証し立てすることもできぬし、その上役とて、面倒なことは避けたいのであろう、取り合ってもらえなかったそうだ。まあ、上役にしてみれば、騒ぎ立てて不興を買えば下役に落とされかねない。関わりを避けたくなるのも無理はないであろう。山瀬殿は、それゆえに、目安に訴えて、御公儀の探索を頼もうとしたのであろうな」

加門は眉間を狭めた。

「なるほど、それなら山瀬殿の決意もわかりますね」

「ああ、妻も子も亡くして、気持ちがそこだけに向かってしまったのであろう。お役目を辞める、と言い出したあとは、もうなにを言うてもむだだった」

肩を落とす村井を、加門は見つめた。

船は揺れながら川を遡って行く。

日本橋の賑わいが窓から見える。

船はゆっくりと船着き場へと向きを変えた。

五

医学所に将翁の声が響く。

「天地の気に己を合わせることが肝要じゃ。昼の陽の気に合わせて動き、夜の陰の気に合わせて寝る。それに逆らうと、気が乱れる」

将翁はふと口の動きを止めて、熱心に聞き入る弟子達を見まわした。

「皆は夜、夢を見るか」

夢、とざわめきが起きる。

「はい、わたしはときどき見ます」

加門の隣の正吾が声を上げると、

「わたしは毎晩見ます」

「わたしはあまり見ません」

「夢で目が覚めることがあります」

など、それぞれからつぎつぎに言葉が続いた。

「ふむ、どのような夢が多い」

将翁の問いに、また正吾が手を上げた。

「道に迷って慌てる夢を見ます」

それにまた声が続く。

「わたしは敵に追いかけられる夢をときどき見ます」

「わたしはどこかから落っこちる夢です」

うんうん、という頷きが生まれる。

「わたしはうまい物を食う夢です」

どっと笑いが起きるなか、別の者が手を上げる。

「えー、わたしは旅に出る夢です」

「いいじゃないか」隣から声が起きる。が、

「いや、途中で金がないことに気づくのだ」

と、また笑いが起きる。

「ふうむ、いろいろじゃな」将翁は顎を撫でた。

「楽しい夢はよい。じゃが、恐ろしい夢は眠りを損なう。実は昨日、だるくて昼間の仕事が進まなくて困る、という患者を診たんじゃ。問診をしてみると、一晩中慌ただしい夢を見てよく眠れない、という話じゃった。眠りが浅いと、起きても身体も頭も

はっきりとしない。そういう覚えは誰でもあるじゃろう」

　はい、あります、などとつぶやきが広がる。

「夢見が多すぎて、起きたら疲れていたこともありました」

　一人の言葉に、ああ、ある、などの声も上がった。

「ふむ、そうか、そのときは、ふだんとどう違っていたか、思い当たるような出来事はあったか」

　将翁の問いに、その弟子は少しうつむきがちに答える。

「はい、母上が病に倒れ、死ぬやもしれぬ、と医者から言われたときでした。元気になるまで、夢見が続きました」

「そうであったか、うむ、因果《いんが》をよく把握《はあく》しておるな」将翁は微笑む。

「心配事や迷い事があると、夢見が多くなる。張り詰めて心が疲れると、眠りが浅くなるんじゃ。そうなると、朝起きても頭がはっきりとしない。そして、昼間もだるさが続いて疲れやすくなるんじゃ」

　弟子達が頷くなか、加門はじっと聞き入っていた。夜、須田町の家では、気が張り詰めていることが多く、確かに夢見も多い。だが、それほどだるさを感じることはなかった。

将翁はちらりと加門を見た。

「じゃが、皆がだるくなるわけではない。気が昂《たかぶ》っていると、だるくはならないものじゃ。逆に普段以上に元気になる者もおる。が、それがますます気を張り詰めさせて、眠りが浅くなり、それがまた気を昂らせる。そうなると、いつまでもそれが続いてしまうんじゃ」

「へえ、あまり元気なのも考えものだな」

正吾のつぶやきを、将翁は聞き逃さずに頷いた。

「そうじゃ、ゆえにときには気を緩めることが肝要となる。心を落ち着けるための煎じ薬もあるし、鍼《はり》もある。それはまた教えよう。とりあえず、夢見が多い、眠りが浅い、という患者がおったら、休むことを勧めるのが一番じゃ。温泉にでも浸かればそれがよいのだがな、とりあえず湯屋でのんびりするだけでもよい」

将翁が横目で見るのに気がついて、加門も目で小さく頷く。大岡忠相の屋敷で加門が御庭番であることを知ったために、気遣ってくれているのだろうと察せられた。

「先生」一人の弟子が手を上げた。

「気が昂ると気力も湧いて力も出ます。勉強も仕事も捗《はかど》るのですが、それはよくないことなのでしょうか」

「ふむ、いっときならばよい。じゃが、それが続くと知らぬ間に疲れが溜まっていくんじゃ。そして、いきなり折れる。元気であった者が、突如、病に倒れることがあろう。気が昂っておると疲れに気がつかず、倒れるまで働いてしまうのよ」

なるほど、と皆が頷く。

「よいな、人を診るときには、見かけの元気で判断をしてはならん。よくその人の暮らしぶりを聞くことじゃ」

「はい」

弟子達の声が揃った。

医学所を出て、加門は須田町の家へと戻って行く。

行き交う人らのあいだから家の窓が見えて、加門は足を止めた。窓が半分、開いている。誰か、曲者か……。気を張るが、すぐに、いやと首を振った。曲者であれば窓を開けたりはしないだろう……。

加門は開いた窓からそっと中を覗いた。男が胡座をかいて書物を読んでいる。

「なんだ、意次ではないか」

加門の声に、意次はすぐに戸を開けた。

「戻ったな、勝手に上がっていたぞ」

ああ、と加門は笑顔になって座敷に上がった。裏口の開け方を教えてから、意次がときどき上がり込んで加門を待つようになった。

「非番か」

「ああ、宿直明けだ」意次は頷きながら、ざるに盛られた夏みかんを指さした。

「さっき、前に来ていた大工の若い者が顔を出して、それを置いて行ったぞ」

近所に住む大工一家の一人だ。ふだん、病や怪我を見ているために、時折、珍しい物などを持って来てくれる。

加門はざるを手にすると、

「上へ行こう」

と、顎を上げた。階段を上がる加門に、意次も続く。

「二階のほうがあたたかい」

加門は日当たりのよい部屋に敷物を出した。二階であれば話が聞かれることもない、と、意次にもその真意はわかっている。

向かい合うと、すぐに意次は身を乗り出した。

「大岡様と会ったそうだな」

どっちのことだ、と考えつつ加門は頷く。

「うむ、越前守忠相様と出雲守忠光様、それぞれに話しをした。そなたも目安の件、家重様に話したそうだな」

「ああ、家重様はあまり人とお会いにならないからな、我ら御側衆がいろいろと外の出来事をお伝えするのだ。関心を持たれたから、こうして堂々と進展を訊きに来た。そなたも堂々と西の丸に来られるぞ。で、なにかわかったか」

「ああ、いろいろとわかった。まず、山瀬殿を斬った男だがな、黒鍬者だったのだ。城中で見たから間違いない」

「なんだと……黒鍬者ならば、命じたのは目付の配下ということか」

目付はその配下に火之番組《ひのばんぐみ》や台所番、中間《ちゅうげん》や小人《こびと》と、多くの組を持っている。黒鍬組もそのうちの一つだ。従って、黒鍬者を動かせるのは目付かその下にいる徒目付《かちめつけ》ということになる。

加門は以前、自分を襲った徒目付を思い出していた。その徒目付を動かしたのは、目付の衛藤信房《えとうのぶふさ》だった。

「うむ、徒目付かもしれんし、目付本人かもしれん」加門は腕を組む。

「あの山瀬殿のこともわかったのだがな、なんと、不正をしていた御殿勘定所の役人本人に、真偽を問い質したというのだ」

村井から聞いた話をそのまま伝えると、意次は驚きを見せた。

「なんとも大胆だな。だとすると、その役人に狙われたとしてもおかしくはないではないか」

「ああ、不正を告発されれば、罪を問われるからな、なんとか阻止《そし》しようとするだろうな。お役を降りたとなれば、目安箱を使うことが可能になる。その辺りは誰でも考えつくだろう」

ううむ、意次が腕を組む。

「そうだな、しかし、旗本が自身で斬るわけにはいかない。となると、誰か他の者を使おうと考える」

「ああ、腕が立って口の堅い者……」

「黒鍬者か」

うむ、と加門が頷く。

「だが、勘定所の役人が使える相手ではない。だから、目付に頼んだ、と」

「そうか、その役人が目付に頼み込んで黒鍬者を借りればいいわけだな。しかし、目付は幕臣とのつきあいは禁じられているぞ」

「ああ、だが、縁戚までつきあいを絶つわけにはいかないだろう」

「それはそうだ。それに裏で密かにつきあっていても、わからぬからな」

「うむ、おそらくなにか繋がりがあるはずだ」

そう言って口を曲げる加門に、意次は顔を突き出す。

「その役人は突き止められそうなのか」

「そうだな……」

加門は夏みかんを手に取ると、皮を剝《む》いた。酸っぱい匂いがたちまちに広がる。

「とにかくやってみる。米問屋の三登屋もこれから本格的に探ってみるつもりだ。役人と、どこかで会うはずだ」

「ふうむ、なかなか厄介そうだがな、まあ、そなたならできるだろう」

意次も同じように夏みかんを取った。その香りに眼を細めながら、加門を見る。

「して、ほかはどうだ、そもそもなにゆえに越前様に会ったのだ」

「ああ、それは……そら、目安で年貢の厳しさと米の高値のことを訴えていただろう。それがどのくらいのものか、探ってみたのだ。したら、百姓衆は年貢を上げられて、ひどく困窮していることがわかった。目安で何度も訴えてきたが変わらない、と言っていたのでな、越前様に尋ねてみようと思ったわけだ。越前様は気さくにいろいろと話してくださったんだが、目安は上様のお目には通るものの、お取り上げになるほうが少ないという話だった」

「なるほどな、有益な内容ばかりではないだろうし、御政道として決まってしまったものは、動かしようがないということだろうな」

「ああ、少し調べたら、新田開発などの提案は取り上げられてきたのだ。火事の被害を減らすために屋根を瓦葺《かわらぶ》きにするべきだ、とかな」

「ふうむ、それは確かに有益だな」

「ああ、だが、年貢が減らされたという話はなかった」

ううむ、と唸る意次に、加門は、

「端的に言えば」と声を落とした。

「御公儀の得になることであれば取り上げるが、損になる訴えには冷ややか、ということなのだと思う」

加門は夏みかんの房を口に入れる。と、酸っぱさに顔を歪ませた。

そうか、と意次も続いて顔をしかめる。

「御公儀は幕政が第一だからな」

「ああ、しかし、大局で見れば民を顧《かえり》みないのは損を生むと思うのだがな。ただでさえ近年は、百姓の逃散《ちょうさん》や一揆、打ち壊しなどが起きていたのに、松平乗邑様が勝手掛になり、神尾春央様を勘定奉行にしてから、年貢も米価も上がる一方ではないか。百姓衆の不満がつのるだけだと思うのだがな」

加門の言葉に、意次はさらに顔をしかめた。

「そのことだが」

「なんだ」と、顔を歪める加門に、意次は、

「うむ、事態は変わらぬ、というよりもおそらく悪くなるぞ。これは上様付きの小姓に聞いたことなのだがな……」

と、声を落とした。

意次は本丸の者とも通じている。本丸には家重廃嫡を唱える乗邑がいるため、いわば敵地だ。その動きを知るために、本丸の者から話を聞き出すことも怠《おこた》らない。意次はそっと口を開いた。

「松平様と神尾様が、上様と会議をなさったときのことだ。勘定奉行の神尾様は、年貢を上げることに関して、こう言ったというのだ。胡麻《ごま》の油と百姓は絞れば絞れるほど出るものなり、とな」

「胡麻の油……」

加門が口を開けると、意次は片目を歪めた。

「ああ、さすがに上様もご不快の面持ちになられたそうだ。が、松平様はそれに頓着《とんちゃく》せずに、笑っておられたという話よ」

「なんと……百姓衆を胡麻にたとえるとは、神尾様はそのようなお人だったのか」

「うむ、わたしも聞いてあきれた。しかし、ほかのお人からも聞いてみたら、もともと神尾様は人を侮るお方で、町方のことなど気にも留めないということだ。頭の切れはいいが、情はないということだろう」

「そうか……そういうところは松平様とよく似ているな」

「ああ、だからこそ神尾様を買って、片腕とされたのだろう」

意次は口を尖らせた。

加門も自然と同じになる。

「厄介だな」

「ああ、この先が心配になる」

二人は頷き合う。

が、すぐに加門はその顔を弛めて、膝を打った。そのまま大きく息を吐いて立ち上がる。

「湯屋に行かないか」

「湯屋」

「ああ、この先の難儀に向けて、英気を養うのだ」加門は微笑んで意次を見た。

「そなたといると気を緩められる」

「ふむ、そういうことか、よし行こう。湯屋はいろいろな話が聞けて面白い」

「ああ、上がったらうまい物でも食おう」

「おう、いいな」

二人は足音を立てて、階段を下りた。

第四章　上様の笠

一

朝早く、外桜田の御用屋敷に加門は戻った。

「なんだ、今日は医学所は休みか」

父の問いに「はい」と答えながら、加門は納戸《なんど》へと向かう。

「少し見栄えのする衣装がありましたよね」

並んだ行李を開けて、中の着物を引っ張り出す。

「なにをするつもりだ」

覗き込む父に加門は、

「ちょっと御殿の中を探ろうと思いまして」

そう返事をしながら着替える。

着物を着替えると、加門は鏡や化粧箱《けしょうばこ》を抱えて縁側へと移った。城中では顔を知られているため、変相もしなければならない。

少し老《ふ》けて見えるように、頰の下や目元に陰を入れ、眉に白粉《おしろい》を塗って薄くする。鼻の下には大きな黒子《ほくろ》をつけた。目を引く物があると、人の目はそちらに引っ張られ、顔全体の印象が薄くなる。

「あら、兄上、今日はどこかのお役人ですか」

妹の芳乃が障子から顔を覗かせる。

「おう、そう見えるか」

笑顔になった兄に「はい」と頷きなら、芳乃は庭へと出て行った。

奥からは朝餉のさまざまな香りが漂ってくる。

まもなく戻って来た芳乃は、村垣家の千秋を連れていた。

「おはようございます、加門様」庭先から、微笑んで加門を見上げる。

「まあ、本当に、芳乃さんの言ったとおり、しょぼくれたお役人に見えますね」

その言葉に笑い出しながら、加門は胸を張った。

「そうか、わたしの腕も上がったな」

「あら、胸を張ってはいけません」

千秋の言葉に、加門は慌てて背筋を弛める。

「うむ、そうであったな……そうだ、千秋殿、声はどうだろう、老けた声に聞こえるだろうか」

加門は咳払いをして、やや低めの声を出す。

「今日はずいぶんと暖かくなったのう」

芳乃と千秋が笑い出した。

「まあ、加門様、そんなに張りがあってはだめです。もっとしゃがれさせないと」

千秋が喉を指さしながら、

「喉の奥から声を出すようにするのです。こう、暖かくなったのう、と」

千秋のしゃがれたような声に、ほうと、皆が頷く。

「こうか、暖かくなったのう」

加門の試みに、千秋は手を打つ。

「ええ、お上手です」

そこに父もやって来た。

「ふむ、どうだ……暖かくなったのう」

しゃがれ声を真似する。すると芳乃までが「あら、では……」と続けた。

「暖かくなったのう」

加門が笑い出す。

「皆、顔まで歪んでますよ、芳乃はまるでどこかのお婆様だ」

ま、と芳乃は慌てて顔を押さえる。

千秋はふふふと笑う。

「声を変えようとすると、顔や身振りまで大仰《おおぎょう》になってしまうから気をつけよ、とうちの爺様がいつも言っております」

「なるほど、気をつけねば」

加門は胸に刻み込むように頷く。

そこに小さな足音がやって来た。

「まあまあ、なにをしておいでですか」母の光代が襷《たすき》をほどきながら、皆の前で立ち止まった。

「朝餉の用意ができましたよ」

はい、と皆も立つ。

「あら、ではお暇《いとま》せねば」

千秋は小さな会釈をして、帰って行った。

江戸城本丸。

昼、午《うま》の刻（正午）を知らせる太鼓《たいこ》が鳴り響いた。

時を見計らってやって来た加門は、老けた役人の姿で中奥の御庭番詰め所から、御殿の廊下を歩き出した。さまざまな役所が並ぶ表へと向かう。

御殿の表から入るのは警護の者がうるさいが、奥から表へと行くのはゆるい。

昼は役人達も飯時だ。皆、持参した弁当を広げ、食べはじめる。茶を取りに行く者、持って来た者などが、廊下や部屋を行き交い、昼特有のにぎわいが生まれる。

加門はゆっくりと廊下を歩いた。

ここだな……。あらかじめ調べていた御殿勘定所にさしかかり、さらに足の運びを緩めた。

そっと中を覗うと、多くの役人が机を並べているのが見えた。

ここには御殿詰めと勝手方の役人がいる。御殿詰めは各役所の書類決裁、米相場の管理などを担い、勝手方は金座などの管理や御家人への給米差配などをしている。勘定吟味役や勘定組頭など役目の重い者も多く、大身の旗本が詰める場所だ。

山瀬勝成が突き止めた不正役人はこの中にいるはずだ。加門は横目で皆の顔を見る。『御役武鑑』で名や家紋は調べてきたが、さすがに全員のものは覚えられなかった。

加門は障子の陰に立ち止まって、中の声に耳を傾けた。それぞれに弁当を広げたらしく、雑談が飛び交う。

「ほう、富樫《とがし》殿は海老ですか、よい色ですな」

「いや到来物《とうらいもの》です、どうです一つ」

富樫家は確か吟味役、家紋は丸に二の字……。加門は頭の中から記憶を探り出す。

「ほう、では、ありがたく……ではこちらの蛤《はまぐり》の焼き物をどうぞ」

どうやら弁当の菜を交換しているらしい。

「ああ、今日は鰻《うなぎ》が入っておる」

「うちはまた玉子焼きか」

いかにも聞こえよがしの声だ。

そこに別のやりとりが聞こえてくる。

「ほう、谷垣《たにがき》殿は鯛飯《たいめし》ですか、豪勢ですな」

「いやなに、家内の好物でしてな、なまじよい家から嫁をとると口が奢《おご》っていて困ったものです」

ははは、と乾いた笑いが続く。

谷垣家は組頭、家紋は竹に雀《すずめ》……。加門は胸中でつぶやく。

「ほう、鮑《あわび》ですか、三田《みた》殿の菜はいつも気が利いていますな」

「いや、柏木《かしわぎ》殿の鯉《こい》もうまそうだ。一つ交換しましょう」

三田家も組頭、家紋は扇《おうぎ》、柏木家は支配役、家紋は梅……。加門はつぶやきつつ、はたと気がついた。

なるほど、弁当で見栄を張り合っているのか……。失笑が浮かびそうになるのをぐっと押さえる。と、中から人が出て来る気配に気がついた。

新米らしい若い侍が廊下に出ると、加門に気がついて横目で見ながら通り過ぎた。

家紋は井桁《いげた》、木下《きのした》家だな……。

木下がふと振り向いた。

加門は慌てて足袋《たび》を直す振りをしてしゃがんだ。

そこにまた別の男が出て来た。

加門の前で、足を止める。

「先ほどからおられるようだが、なにか御用か」

谷垣の声だ。

加門は唾を呑み込む。影が障子に映っていたらしい。

ゆっくりと立ち上がると、加門は「いや」と口元を歪めた。喉の奥から声を出す。

「よい匂いがしたので、つい立ち止まっただけでござる」

谷垣は目元を弛めると、加門の上から下までを見た。身なりから格下と踏んだのだろう。ははは、と笑い声を上げげた。

「分けて差し上げてもよいぞ」

大きなその声に、中からも笑いが起こる。

「いや、邪魔をいたした」

加門は小さな会釈をすると、御殿勘定所の前から立ち去った。

二

大川に架かる永代橋を、加門は渡る。

町人姿に身を変えた加門は、手にした空《から》の布袋を振りながら佐賀町に向かった。

すぐに三登屋が見えてきた。店の前では、米俵を大八車に積んでいる男がいる。三登屋から買ったらしい。

加門はそれを横に見ながら店に入り、若い手代に声をかけた。

「米を買いたいんですがね」

振り向いた手代はぶしつけに加門を見て、自分よりも年下と判断したらしく、返事もせずに奥へと歩いた。

「番頭さん、客です」

帳場に座っていた番頭は、顔を上げて加門を見る。

「はい、なんでしょう」

加門はその前に進むと、もう一度同じことを言った。

「米を買いに来たんです。新しくお店《たな》を開くことになったんで」

「お店……新しくってえことは、うちと商いをしたことはないわけですな」

「へい、ありやせん」加門は町人らしいほがらかな笑みを浮かべる。

「初めての商いでして、豆や米を売ろうと思っているんで」

素人《しろうと》らしい加門の物言いに、番頭は手にしていた筆を置いて首を振った。

「ああ、ならばうちは無理ですよ。うちは長年のつきあいか、その紹介の人としか商いをしないことにしてるんでね」

「へ、そうなんですかい……けど、小さいお店なんで、ちっと売ってもらえればいいんですがね」

食い下がる加門に、番頭は口をへの字に曲げる。

「量がどうのじゃありません、信用を第一にしてるもんで、新しいところは断っているんです。他を当たってください」

きっぱりとした番頭の言葉に、加門は口を噤《つぐ》んだ。

「へい、そうですかい、わかりました」

踵を返し、三登屋を出る。

信用が第一とは、意外なことを言うものだ……。加門は口中《こうちゆう》でつぶやきながら、看板を振り返った。悪評高い高間伝兵衛の身内の店とは思えない。

そのまま道を行くと、前を進む大八車に追いついた。引いているのは、先ほど三登屋の前にいた男だ。寺町のほうへ向かうその車のあとを、加門は付いて歩いた。

油堀川《あぶらぼりかわ》を渡る小さな橋で、その車は止まった。緩やかな勾配《こうばい》を上るために、力をためているらしい。上りはじめたそのとき、加門は車をうしろから押した。いきなり軽くなった車に、驚いたように男が振り向く。加門はにっと笑って頷くと、力を込めた。車は勢いに乗って橋を越えた。

「いや、助かったよ」

橋を渡り終えて立ち止まった男に、手を離した加門は近寄って言う。

「いや、あたしも三登屋に行ったんでさ。で、ちょうどそちらさんが出て行くのを見たもんで」

「おや、そうだったのか。じゃ、兄さんも搗米屋《つきごめや》かい」

手拭いで首を拭いながら、搗米屋が笑う。

米問屋は玄米で売るため、そこから買った者が搗いて糠《ぬか》を取り白米にする。それが搗米屋であり、町の者はそこから米を買うのがふつうだ。

加門は苦笑いを向けた。

「いや、搗米屋をはじめようと思って、三登屋に買いに行ったんだが、断られちまったんでさ。新しいお店とは商いをしないと言われてね」

加門の言葉に、米屋は「ああ」と頷く。

「そうさね、うちはあっこの主の弥三郎さんが高間屋にいた頃からのつきあいだからね、確かに、新しいとこは難しいだろうな」

そう言いながら、また車を引きはじめる。加門は引き棒に手を添えて押しながら、

「そうですかい、困ったな、いっそ米はやめて豆や粟《あわ》だけにしようかな」

そう問いかけてみる。

「ああ、それもいいだろうよ。米は値が上がって売れ行きも悪くなったし、その分、粟や稗《ひえ》なんぞの雑穀は売れてるよ。これからはじめるんなら、そっちをやったほうがいいかもしれねえな」

「へえ、なるほどね」加門は感心しつつ、首をかしげる。

「米は儲かりませんかね」

「まあ、やり方次第だろうがな。料理茶屋や旅籠《はたご》を客に持てば、手堅くやっていけるけどよ……」

商いのこつを話しはじめた米屋に、加門はふんふんと、相槌《あいづち》を打つ。

「なるほどねぇ、思ったほど簡単じゃありませんね」

「そりゃあ、簡単な商いなんぞあるものかね」

車が止まる。

小さな米屋だ。米だけでなく、さまざまな乾物も並べられている。

「ありがとうよ」

そう言う米屋に笑顔を返して、加門は店先を眺めた。店では息子らしい若者が客の相手をしている。加門は米俵を下ろすのを手伝いながら言った。

「せっかくだから、米を買って帰ることにするかな」

「おう、そうかね、ならお礼におまけするぞ」米屋はにっと笑う。

「普段からうちはおまけしてるんだが、兄さんには奮発しようじゃねえか」

「それはありがたい。けど、おまけなんかして儲けは大丈夫なんですかい」

加門の心配げな面持ちに、米屋は口を開けて笑う。

「ああ、そうでもしなけりゃ、他のお店にたちうちできねえからな。うちはおまけが評判を呼んで、遠くから買いに来る客もいるのさ。損して得取れってことよ」

米屋は中の箱を指さした。

「どれくらい持って行くね」

白い米を見て、加門は奥へと顔を向けた。

「いや、玄米がいい。あたしは搗きたてが好きなんで」

「へえ、そいつはほんとの米好きだね」

「まあ、そうなんで……」

にこやかに笑う。三登屋の米を手に入れる好機だ。

「では、二升《にしょう》もらいましょう」

「そうかい、なら、もっとおまけしようじゃねえか」

搗米屋は一升枡《いっしょうます》を取り上げると、玄米を袋に入れた。二升にさらにおまけが入った袋を受け取ると、加門は肩に担いだ。

よいしょと言いながら、加門は来た道を戻る。

よし、明日、調べてみよう……。そう考えながら、永代橋を渡った。


医学所がひけてから、加門は大工の棟梁《とうりょう》である安吉《やすきち》の家へ向かった。

「あら、加門の旦那」おかみのお松《まつ》が出迎えた。

「うちの人らは仕事に行っちまってるんですよ」

「ああ、いいんです、このあいだの夏みかんのお礼を言いに……」

言葉の途中で、お松は笑みを広げた。

「ええ、あの夏みかん、酸っぱかったでしょう、いえね、うちの娘にやっと子ができたんですよ、これも旦那のおかげ、ありがとうござんした」

お松が上がり框《かまち》で三つ指を突く。

嫁いだ娘のお梅《うめ》はなかなか子ができないと、加門は去年、相談を受けたことがあった。冷えの強い身体であることがわかり、加門は身体を温めるように言ったのだ。

「そうですか、それはよかった」

加門にも笑みが浮かんだのを見て、お松の声は高まる。

「本当にもう、へたをすれば離縁になるんじゃないかって、嫁に行ってからこっち、あたしゃはらはらしどおし。あっちのお姑《しゅうとめ》さんに会うのがいやで、日本橋を歩くのをやめちまったくらいですよ」

お松は手をひらひらとさせて笑うと、加門に手招きをした。

「ささ、上がってくださいな、お茶と羊羹《ようかん》がありますから」

腰を浮かせるお松を、加門は手で制した。

「ああ、いや、お礼と、それに、おかみさんに訊きたいことがあったんです」

「あら、なんです」

「おかみさんはどこの搗米屋から米を買ってますか」

「搗米屋……それなら三河町《みかわちょう》の駿河屋《するがや》ですよ。あそこの主は惣助《そうすけ》さんっていうんですけどね、いい人なんですよ。ずっと搗米屋をやってるから米を見る目はあるし、信用できますから。まあ、そいでも最近はずいぶん味が落ちましたけどね、なんだかぼそぼそすることもあるし」

波のように押し寄せる言葉に身を反らせながら、加門は頷いた。

「やはりそうですか。最近は皆、米がまずくなったと言いますね」

「ええ、値は上がるわ、味は落ちるわで、いいことありゃしない。けど、駿河屋はそれでもましですよ。ええ、他の搗米屋よりよっぽどまし」

「駿河屋……そうですか。では、行ってみます」

「あら、お茶は……」

「今度、いただきます」

加門は笑みを向けて、あとずさった。

外に出ると、加門は足早に家へと戻った。昨日、買った玄米を担いで、三河町へと向かう。

駿河屋、ここだな……。看板を見上げて中を覗く。

広い土間で、大きな米搗《つ》きの道具である唐臼《からうす》が動かされている。臼に入った玄米を、上から落ちる杵《きね》が搗いて精米《せいまい》する仕組みだ。杵は長い棒の先に着いており、反対側で若い男がそれを踏んで上下に動かす。

加門は板間に目を向けた。年配の男が、厳しい目でじっと搗かれる米を見ている。主の惣助に違いない。

加門が入って行くと、惣助はこちらを見て、少しだけ目元を弛めた。

「はい、いらっしゃいまし」

膝をゆっくりと回す惣助の前に歩み寄って、加門は担いでいた米袋をその板間に下ろした。

「この米を搗いてもらいたいんです」

そう言いながら、縛ってあった口を開ける。

「はあ、搗きですか、まあ、ようがすが……」

惣助は袋に手を入れて、米を掬《すく》い上げた。米粒を一つ一つ、指先でつまんで目の前に掲げる。加門は息を詰めてそれを見つめた。

惣助の眉が寄る。

「この米はどこで買いなさったんで」

「深川の三登屋の米です」

「ああ、あそこですかい」惣助の眉が動く。

「搗くには搗きますけど、こりゃ、下米《げまい》をずいぶんと混ぜてあるな、ひでえもんだ」

「下米……」

加門の眉も寄った。

米は四つの等級に分かれている。上米《じょうまい》、中上米《ちゅうじょうまい》、中米《ちゅうまい》、中次米《ちゅうじまい》だ。さらに等級外だと下米になり、それぞれ買い取り価格も売値も異なる。

「しかし、値はこれまでと同じだったんだが」

加門のつぶやきに、惣助は顔をしかめた。

「ああ、そうでしょう、そういうよくない商いをしているんですよ、三登屋は。まあ、ほかにも同じようなことをやってる米問屋はありますがね、三登屋が一等、質《たち》が悪い。前々からやってたんだが、近頃は下米の量をどんどん増やしていやがる。搗きが悪いと思われちゃあたまらないからね、あっこの米を持って来た客には、こうして搗く前に言うようにしているんでさ」

やはりそういうことか……。加門はこれまで引っかかっていたものが、腑《ふ》に落ちるのを感じた。

米を不当に売ることは禁じられている。公儀が知れば、取り締まることになるだろう。だが、役人が知りつつも目こぼしをしているとしたら。そして、そのために袖の下が渡っているとしたら。山瀬勝成が目安に訴えた勘定所役人の不正とは、このことに違いない……。加門は、気づかぬうちに拳を握りしめていた。

惣助は米を掬ってさらさらと落とし、溜息を吐いた。

「まったくひでえ世の中になったもんだ」

三

朝、顔を洗い終えて、加門は表に面する窓を開けに行った。と、その横の戸を誰かが叩く音に気がついた。遠慮がちな響きは先から続いていたようだ。

「誰です」

加門が声を放つと、

「宮地加門殿ですか」

と、高い声が戸板越しに戻って来た。怪しい気配でない。

慌てて戸を開けると、そこにいたのは前髪立ちの少年だった。

「ああ、西の丸小姓見習いの……」

西の丸御殿で何度も見た顔だ。

「はい、田沼様の使いで参りました、これを……」

小姓見習いは懐から書状を差し出す。

受け取って背を向けると、加門は急いで中を開いた。

竹千代《たけちよ》様、病にて、急ぎ西の丸に登城されたし……。口中で読み上げると、加門は振り返った小姓見習いに向いた。

「あいわかった、すぐに参ると伝えください」

「かしこまりました」

ぺこりと頭を下げると、小姓見習いは走り出した。

加門は慌ただしく部屋の奥へと行くと、薬箱を取り出した。診察に使う道具も入っている。

あとは……こっちの薬も持っていこう……。薬材の入った箱を風呂敷に包んで背中に括《くく》りつける。

「よし」と口に出して、加門は外に飛び出した。

竹千代は去年の五月に生まれた家重の第一子だ。男子であったために、これで安泰と将軍吉宗も大いに喜び、西の丸は沸《わ》き立った。

周囲は家重の麻痺が子にも出るのではないかと案じていたが、幸いそれもない。竹千代と名づけられたその赤子はすくすくと育っていた。が、時折、他の赤子と同じように熱を出したり、具合が悪くなることもあった。

「大したことがないといいのだが」

加門はそうつぶやきを繰り返しながら、西の丸へと到着した。

待ち構えていた小姓に、中奥に案内される。すでにいくども来た場所だ。

部屋に通されると、布団の周りの人々がいっせいに顔を上げた。家重もおり、意次もいる。

「おお、来てくれたか」

意次のほっとした顔に頷いて、

「どうされたのです」

加門は荷をほどきながら、布団の横に座った。

竹千代はむせて喉を鳴らしている。顔色も悪い。

「さきほど、吐かれたのだ」

意次の言葉に、母であり側室のお幸《こう》の方《かた》が頷く。

「昨日、昼過ぎにお腹を下《くだ》したのじゃ」

「お腹を……」

「うむ」と大岡忠光も首を振る。

「奥医師を呼んで、薬を出させたところ、よくなった。なので、安心していたのだが、どうも夜にまたお具合が悪そうに見えたので、我らはそのまま泊まったのよ」

「ああ」意次も続ける。

「そうしたら、明け方に突然、お戻しになってな、慌ててそなたに使いを出したというわけだ」

皆のやりとりを聞いていた家重も小さく頷いた。

「どう、か」と、加門を見る。

加門はそっと手を伸ばした。

「御無礼を」

そう言って、首筋に触れる。脈はやや速いが乱れていない。目元に触れると、皮膚の張りを指で確かめ、顔を上げた。

「白湯《さゆ》を人肌くらいの温かさで持って来てください」

はっ、とすぐに小姓見習いが出て行く。

「昨日の下され方は激しかったですか」

布団の下方に座った乳母《めのと》を見ると、

「はい、三度、下されまして、三度目は水のようになりました」

「そのときには吐かれませんでしたか」

「はい、お戻しになったのは今朝が最初です」

お幸の方はいらだたしげに加門を見据えた。

「して、どうなのじゃ」

は、と恐縮しつつ、加門は問う。

「昨日のお昼はなにを召し上がりましたでしょうか」

乳母がすぐに答える。

「お昼はご飯と鱈《たら》のすり身、それに青菜の汁物でした」

すでに生まれて九ヶ月が経ち、竹千代は乳離れをしつつある。

「なれど、お毒味はいたしました、わたくしは何事もなく……」

乳母が必死の面持ちで訴える。

「ええ」加門は落ち着かせようと、穏やかに微笑む。

「大人には障りのない物でも、赤子にとっては障りとなることがあるのです。あるいは、なにか他の物かもしれない。なにか、お口に入れられませんでしたか」

加門の問いに、皆が顔を見合わせ、意次が口を開いた。

「竹千代様は、最近、なんでも手に取られてお口に運ばれてしまうのだ」

なるほど、と加門は竹千代を覗き込む。と、その小さな口から咳が出た。

「ああ、苦しいのかえ」

うろたえるお幸に、加門は、

「戻すと喉が焼けるのです。そのせいでしょう、ご心配には及びません」

と、首を振る。

「そうなのか」

ややほっとした皆に、加門は「はい」と頷いた。

「白湯をお持ちいたしました」

戻って来た小姓見習いが、白湯の乗った盆を掲げる。

自分が飲ませるわけにはいかないだろう、と思いつつ、

「竹千代様にお飲みいただきます」

加門が言う。が、お幸が顔を上げた。

「奥医師は水を飲ませてはならぬ、と申したぞ」

加門は背筋を伸ばす。

「それは水を飲めばまた下すことになるからでしょう。されど、下したあとは体内の水が減りますから、補《おぎな》ったほうがよいのです。それに吐かれたことを見ると、まだお腹の中に悪い物が残っていると考えられます。出し切ってしまわないと、またぶり返すこととなります」

皆の顔に不安が揺れるのを見て、加門は考えを巡らせた。おそらく、奥医師は下し

止めを処方し、とりあえず症状を抑える方法を選んだのだろう。素人は症状が消えれば、一応納得する。うまくいけばそのまま回復することもある。が、案に反して治りきらずに、ぶり返したのに違いない。が、それを言えば奥医師の顔を潰すことになる……。

「大丈夫です、御安心を。今は水を摂《と》ることが大事です」

胸を張って、きっぱりと言う加門に、皆の顔から不安が和らいだ。

「では、妾《わらわ》がいたす」

お幸がぐずる竹千代を抱き起こした。白湯の茶碗を受けると、そっと我が子の口に当てる。

「ささ、飲むがよい」

竹千代は口を開くと、そのまま半分ほどを飲んだ。一呼吸を置いて、残りもゆっくりと飲み干す。

皆から安堵《あんど》の息が洩れた。

「このまま少しごようすを見ましょう」

加門の言葉に、皆が頷く。

お湯を飲んだせいか、竹千代の顔に赤味が戻って来た。その頭を枕に戻すと、お幸は加門を見た。

「悪い物とはなんのことや」

京の公家《くげ》の娘であるお幸は、ときに京言葉が出る。

「は……それは、お口から毒の物が……」

言いかけた加門を制して、

「待て」大岡忠光が声を上げた。

「そなたらは下がってよいぞ」

乳母や小姓見習いに、手を振る。

障子が閉まったのを見ると、皆が加門を見つめた。その中でお幸が身を乗り出す。

「やはり毒であったか、なんの毒や」

「あ、いえ……」加門はうろたえて身を引いた。

「毒と言っても、自然の毒は食べ物や水に含まれていることもありますし、いろいろな物にも付いています。赤子はなんでも口に入れるので、そうした毒に当たって腹を下すことが珍しくないのです」

その説明に、お幸が眉を寄せる。

「先日、菓子を食べたのや」

「菓子とは、どのような」

加門の問いに、意次が顎を撫でる。

「ええ、と、白い外側で中に餡《あん》が入っていて……」

「練り切りや」

お幸が意次を遮《さえぎ》った。

「それがな」忠光があいだに入った。

「菓子は宗尹様がお持ちになられたのだ、御自分でお作りになったと言われてな」

「御自分で」

「ああ」意次が続ける。

「最近、菓子作りに凝っておられるらしい。それでこのあいだ、三月三日の上巳《じょうし》の節句に、二の丸では雛流《ひななが》しを行い、菓子を作られたというのだ。その菓子がうまくいったので、また作ってみたと仰せられてな、持って来られたのだ」

「それはいつのことですか」

「ふむ、二日前であったか」

忠光が答えると、大納言家重が口を開いた。

「み、か、ま……えじゃ」

はっと、皆が恐縮する。

加門は改めて西の丸の人々を見た。と、そうか、と得心する。

家重は二年前、鷹狩《たかが》りをする小菅《こすげ》で毒を盛られたことがあった。そのために警戒をしているのだ。

毒を盛ることを指示したのは、吉宗の次男宗武や松平乗邑であったことは、ほぼ間違いない。乗邑は家重を廃嫡《はいちゃく》させ、宗武を世子にすべきと公言している。そして、幼い頃から英明と評判の高かった宗武も、暗愚と誤解されている家重よりも、自分のほうが将軍にふさわしいと考えている。さらに三男の宗尹も、兄の宗武に付いている。彼らにとって、家重の跡継ぎとなる息子は邪魔者でしかない。

加門は改めてそれを思い起こし、西の丸が毒に鋭敏になっていることを嚙みしめた。奥医師すら信じられぬ、と言っていたのも耳に甦る。それで自分が呼ばれたのだな、と気がついた。

意次が口を開いた。

「大納言様は甘い物は好かぬと、召し上がらなかったのだが、お幸様が宗尹様の顔を立てて、召し上がったのだ。それで、竹千代様も一口、お口に入れたという次第だ」

お幸が眉間を狭める。

「さしておいしくもない菓子であったが、しかたなく食べたのや。それがこないなことに……」

「いえ」加門は首を振った。

「三日前、それも一口であれば、そのお菓子のせいではないと存じます。お腹を下したり吐いたりするのは、毒が入ってまもなく起きること。なにか、たまたま口にされた物に、障りになる物がついていたのでしょう」

「そうなのか」

忠光の問いに、加門は「はい」と大きく頷いた。

皆の面持ちが穏やかになってゆく。

竹千代は飲んだ湯のせいか、ほどなくしてもう一度下《くだ》した。

加門は持参した薬材を調合し、煎じ薬を作る。

「毒を消し、身体の水はけをよくします」

午後になり、竹千代の寝息が健《すこ》やかなものに変わった。

頬にもすっかり赤味が戻り、ぐずりも消えた。

「これでもう大丈夫です」

加門の言葉に、布団を囲む人々に初めて笑顔が広がった。

「ご、く……うで、あっ…た」

家重の言葉に、「はは」と加門は低頭する。

「助かったぞ」

隣の意次が、加門の耳にささやいた。


西の丸から本丸御広敷に顔を出して、加門は詰め所に荷物を置いた。外に出て歩き出すと、ふと、その足を止めた。吹上の御薬園に行こうと考えていたのだが、その行き先を二の丸に変えることを思いついたのだ。

次男の宗武は北の丸の田安《たやす》御門の内に屋敷を賜り、田安屋敷の主となっている。が、本丸から遠く寂しい田安屋敷よりも、宗尹の暮らす二の丸のほうにいることが多い。

加門は二の丸の泉水庭園を遠望した。

宗尹の作った菓子には、おそらく毒は仕込まれていなかったはずだ。だが、確かに油断はできない。家重の跡継ぎとしての地位は、竹千代が生まれたことで強固になった。西の丸にとって僥倖《ぎょうこう》であるその誕生は、北の丸と二の丸にとってはただの障りでしかない。

加門はそっと庭を回り込む。

風が吹いているせいか、窓は閉められ、中を覗うことはできない。

加門は二の丸を抜け梅林坂《ばいりんざか》を上る。大奥の裏手となるその地から、北の丸へと抜けられるのだ。

内濠を渡って北の丸に入ると、そこは林だ。木々が茂っており、草地もある。その上に、ついと空を滑る影があった。

鷹《たか》だ。

加門は木陰に身を寄せて、上って行く鷹を見上げた。

宗武と宗尹が飛ばしているに違いない。

吉宗の鷹狩り好きに似たのか、次男三男の兄弟も鷹狩り好きで知られている。特に宗尹は鷹狩りを好み、あちらこちらの狩り場に出かけて行く。

高い笛の音に、鷹がひらりと向きを変えた。

そっと顔を覗かせると、林の中にやはり兄弟の姿があった。

呼び戻された鷹は、差し出された宗尹の腕へ戻って行く。

鷹狩りに菓子作りか……暇だからよけいなことを考えるのかもしれないな……。加門はそうつぶやいて、そっと林を離れた。

四

風呂敷を背に負い、手拭いの頬被りをして、加門は永代橋を渡った。風呂敷に包まれた箱の中には、本が数冊入っている。貸本屋の形《なり》だ。

三登屋にゆっくりと近づいて行く。

同じような姿の男が前から、

「小間物ぉー」

と、声を上げながらやって来た。見た目は同じだが、貸本屋は得意先を回るために声は上げない。ちょうどよい姿だった。

加門は横目で三登屋を見ながら、通り過ぎた。ひと回りして、再び、戻って来る。主の姿を探すが、なかなか現れない。

どの役人とつながっているのか、それを確かめなければ……。加門は胸中でそう繰り返しながら、また、ひと回りをして戻った。が、あまり頻繁《ひんぱん》では怪しまれる。辻に立って、しばし、そこから三登屋を窺《うかが》った。

あ、と加門は足を踏み出した。

主の弥三郎が現れたのだ。以前と同じように供も付けずに、歩き出す。

どこかで役人と会うのかもしれない……。加門は唾を呑み込んで、あとを付ける。

弥三郎はまた大島川へと向かって行った。大島川から舟に乗れば、築地の三登屋の別邸にも行ける。

築地か、州崎か……。加門は舟に乗り込む弥三郎を陸からそっと見張った。

舟は左に舳先を向け、川を上りはじめた。

州崎だ、また、高間伝兵衛の別邸だな……。加門は足早に歩き出した。

歩きながら垣間見る《かいまみ》川面を、舟がゆっくりと遡上《そじょう》していく。

案の定、舟は州崎で陸に着け、川から上がった弥三郎は、以前と同じ道を辿《たど》った。

伝兵衛の別邸である黒板塀の町屋敷へと入って行く。

加門は周囲を見まわす。すでに黄昏《たそがれ》も深まり、辺りは薄暗い。

塀を接する右隣の屋敷を、加門は窺った。左隣は武家屋敷らしく、門があり、閉ざされている。しかし、町人が主である町屋敷は門を構えることができない。伝兵衛の町屋敷と同じく、右隣も門はない。粋ではあるが簡素な戸は低く、中が窺えた。

屋敷内は静かで、灯りも音もない。

人はいないな……。そう踏んで、加門はその戸をひらりと飛び越えた。

庭に入り込んでしまえば、外からは見えない。加門は荷物を置いて、塀沿いに奥へと進んだ。

こちらの屋敷のほうが古いのだろう、接した塀は伝兵衛宅の黒板塀ではない。この誰だかわからない主の屋敷塀だ。下には隙間もある。

加門は隙間を見ながら、ある場所で足を止めた。人がくぐれる隙間だ。

伝兵衛側を覗くと、広い庭に人気《ひとけ》はない。よし、と加門はその下をくぐった。

そのまま身をかがめて、縁の下へと潜り込む。

まだ、かろうじて外の明かりが入って来る。庭の南側に見当を付けて、加門はそろそろと進んだ。と、その膝を止めた。

上から声が聞こえてくる。

野太い声としゃがれた声だ。

「おや、そうでしたか、旦那様はやはりやることが早い」

しゃがれ声が言う。

旦那様、と相手を呼ぶということは、この声が弥三郎に違いない。奉公人として伝兵衛に仕えていた頃の癖が抜けないのだろう……。

「ところで、もう三日後だぞ、下落合《しもおちあい》のほうはぬかりはないだろうな。おまえの別邸は大丈夫か」

野太い声だ。伝兵衛に違いない。

「はい、もう準備は万端で。皆様のお好みがわからないので、料理は食べきれないほど用意してあります。ですが、本当に、田安様と宗尹様はお見えになるんですか」

弥三郎の言葉に、加門は息を呑んだ。

田安様とは宗武のことだ。

「ああ、必ずお見えになる、なにしろ、宗尹様は無類の鷹狩り好き。たとえ雨でもお見えになるだろうよ」

「しかし、田安様のほうは大丈夫ですか。田安様にお目通りが叶うというので、苦労して鶴《つる》の肉まで手配したんでございますよ」

「ほう、鶴とは、気が利くではないか」

「でしょう。南の鶴はもういないというから、北にまで捕りに行かせてましたんで」

「ほうほう、それはお喜びになるであろうよ、なにしろ鶴は香りがいい」

「はい、ですから、田安様にぜひ……」

「ああ、わかっておる。なにしろ、わしとて田安様へのお目通りは初めてなのだ。この機を逃してなるものか」

ははははと笑う伝兵衛の声に、弥三郎もへへへと追従笑《ついしょうわら》いを放つ。

伝兵衛はうほん、と咳払いをした。

「なにしろ、田安様が次の将軍になられれば、この伝兵衛、二代の上様にわたる御用商人になるのだ。ええっ、他にいるか、そのような商人が」

がははは、と笑いが続く。

「この高間伝兵衛、上様のご威光を笠に着てやりたい放題、とさんざん陰口を利かれてきたがな、なあに、そんなやつらには好きなだけ言わせておけばいい。上様のご威光を笠に着るなど、めったな者にできるものではないわ」

笑いが過ぎてひいひいという息に変わる。

「はい、ごもっとで。旦那様は上様の御下命を受けて米の相場を動かしているだけ。この先は、わたくしめもその列に加わらせてください」

「ああ、任せておけ。わしは今後、表に出るのを控えるからな、おまえにいろいろと譲ってやるぞ」

なにかを叩く音がする。肉付きのよい腹を叩いたらしい。

加門はそっと唾を呑み込んだ。

頭上から振動が伝わる。伝兵衛が立ち上がったらしい。

「ようし、前祝いだ。色里へでも繰り出そうじゃないか、ぱーっとな」

「はい、お供いたしますとも」

二人分の足音が廊下へと出て行く。

加門は膝をそっと回し、来た方向へと向きを変えた。


二日後、外桜田の御用屋敷。

夕刻にやって来た加門を、母が出迎えた。

「まあ、加門、お帰りなさい」

「はい、今日は泊まっていきます。父上はお戻りですか」

おう、いるぞ、と奥から父友右衛門の声が上がる。

「泊まるとは珍しいな、どうした」

そう問う父に向かい合って、加門は声をひそめた。

「明日の朝、下落合に行くので、ここから行ったほうが近いと思いまして。父上は行ったことがありますか」

「下落合とは、あのお狩り場の御留山《おとめやま》か。高田《たかた》の馬場《ばば》よりもっと先だろう。わたしは行ったことはないな。なんだというのだ」

「はい、実は……」

加門はそのいきさつを話す。

「ふうむ、ではその米問屋が宗武様と宗尹様を接待するというのか」

「はい、他にも人が来るようなのです。誰が来るのか……もしかしたら米問屋と繋がっている勘定所の役人も現れるかもしれません。その三登屋の別邸を見張って、誰が来るのか確かめてきます」

「ふうむ」父は立ち上がった。

「では、村垣家に参ろう、吉翁は以前、上様のお供で何度も御留山に行ったはずだ」

すたすたと出ていく父に、加門も続いた。

御庭番十七家の家が並ぶ御用屋敷は、大きな一族のように普段から行き来がある。

「ごめん、吉翁はおられますかな」

父は返事を待たずに戸を開けて、中に入って行く。

すぐに現れたのは吉翁の孫である清之介だった。

「おや、親子揃ってとは珍しいですね、爺様は奥です、どうぞ」

その声に、妹の千秋も出て来た。

「まあ、加門様、お戻りでしたか」

はい、と父に続いて上がり込む。

奥の部屋では、声を聞きつけた吉翁が障子を開けて待っていた。

「これはこれは、さ、お入りなされ」

宮地家の親子は並んで、吉翁に向かい合った。

父が御留山の件を切り出すと、吉翁はほうほうと頷いた。

「確かに、いくども上様のお供で行ったな。周りは田畑で広々としておって、よい所よ。お山は徳川様のお狩り場ゆえ、立ち入ることが禁じられておってな、ために御留山と呼ばれるようになったと聞いておる」

「そうですか」加門が問う。

「では、鷹狩りの御一行以外は山には入れないのですね」

「うむ、無理だな」

「お山に御殿はあるのですか」

「ああ、だが、小菅御殿のように立派ではないぞ。ご休息を取って、お食事を召し上がる程度のものであったな、お休み所という程度のものだ。して、なんだ、加門が行くのか」

「ああ、はい、しかしお供ではないのです、実は……」

そのいきさつを説明する。

「ふむ、そうか、あの辺は百姓家ばかりで気の利いた宿はないから、別邸を建てれば使っていただけるであろう。考えたものよ」

「変装をするのなら、やはり百姓姿がよいでしょうか」

父の問いに、吉翁はしばし考え込む。

「そうさな、しかし、百姓衆は皆顔見知りであるから、外から来た者は不審がられるかもしれん。炭売りのほうがよいのではないか。山から来たと言えば、怪しまれることはあるまい」

「なるほど」と宮地親子の声が揃った。

その加門の顔を見て、吉翁は首をかしげる。

「そなた一人で参るのか。相手は多いのであろう、一人では心許《こころもと》ない、二人で行ったほうがよいのではないか」

御庭番は二人ひと組で行動することが多い。助けにもなり、いざというときには、残ったほうが役を遂行《すいこう》できるからだ。

「清之介を連れて行くか」

吉翁の言葉に、加門はうっと喉を詰まらせた。清之介自身が心許ない。

「いえ、大丈夫です」

微笑みを作って加門が首を振ると、吉翁は己を指さした。

「ふむ、では、わしが行くか」

「いや、それは」父が手を上げる。

ご老体、という言葉を呑み込んで、父も微笑みを作ってみせた。

「吉翁にわざわざ出向いていただくほどのことではないと……探索だけですので、加門一人でなんとかなりましょう」

「ふうむ、そうか」

腕を組む吉翁に、廊下から声がかかった。

「爺様、お茶をお持ちしました」

千秋が障子を開けてするりと入って来る。

茶碗をそれぞれの前に置くと、千秋はにこりと笑った。

「わたくしがお供いたします」

五

江戸の町を抜けて、加門と千秋は広々とした空を見上げた。

加門の背中には籠《かご》が担がれており、中には炭が入っている。千秋が背負う小さな籠にあるのは、焚《た》きつけ用の藁《わら》の束だ。二人とも粗末な着物に手甲脚絆《てっこうきゃはん》を付け、頰被りをしている。誰が見ても、山から下りてきた炭焼きの若い夫婦だ。

加門は横を歩く千秋の顔を見た。

朝、宮地家にやって来た千秋は、髪をほつれさせ、顔には炭の汚れを塗り、武家の娘とはほど遠い姿になっていた。妹の芳乃は「まあ、そこまでしなくても」と、おろおろとしたが、千秋はにっこりと笑って胸を張って言った。

「あら、そんなにうまくできたということね」

千秋はその姿で、加門の隣を晴れ晴れとした顔で歩いている。

昨夜、吉翁を説得して、千秋は加門に付いていく許しを得た。変装術などに長けていることは吉翁も宮地家も承知だ。清之介よりははるかによさそうだ、と加門も千秋の勢いに押されて頷いた。

「お連れいただけば、なにかのお役に立ちますわ」

千秋はそう言って手を打ち、この朝の出がけにもその言葉を繰り返した。

しかし、と加門は炭で汚れをつけた千秋の横顔を見た。

「千秋殿は変わってますね」

「あら、なにがですか」

きょとんと見上げる汚れ顔の千秋に、加門は笑いをかみ殺す。

「普通の女《おなご》ならいやがるでしょう、顔を汚したり、ぼろ切れのような着物を着るのは」

ああ、と千秋は笑い出す。

「わたくしは着飾るよりも、変装のほうが面白いのです。このような姿で遠出をするなんて、うれしくて昨夜はあまり眠れませんでした」

「へえ、やはり変わってる。怖くはないのですか」

「あら、爺様もそれほどの危険はあるまいと仰せでした。それに、少しくらい危ないほうが、面白いではないですか。身体の芯がぞくぞくします。わたくし、同じことの繰り返しは退屈なのです」

へえ、やはり変わってる……。加門は抑えきれずに、笑いを吹き出した。

江戸を出たときには薄暗かった空が、今はもう明るく輝いている。その光が広がる田畑に降り注いでいるのを、加門は見渡した。

「もう下落合だな」

加門はつぶやくと、千秋が指を上げた。農地の中に、木々の茂った小山がこんもりと盛り上がっている。

「では、あれが御留山ですね」千秋はそう言ってから、はっと気づいたように慌てて口を押さえた。

「んだば、おまえさん、あれが御留山だんべか」

田舎言葉に変えて言い直す。

「はあ、そうだんべなあ」

加門も笑いを込めつつ合わせた。黒ずんだ互いの顔で見交わすと、二人はよし、とばかりに頷いた。

足取りを止めて、加門は辺りを見る。

畑には、鍬《くわ》を振るう人々がちらほらと見える。と、その左側に場違いともいえる屋敷が見えてきた。

加門は、傍らの畑で鍬を振るっている男に近寄った。

「ちいと、尋ねてえんだが、三登屋の別邸ってえのは、あっこのお屋敷だんべか」

ああ、と男は鍬を振るう手を止めた。

「そうだ、おまさんもなにか納めに行くのかね、昨日から魚屋やら八百屋やら、いろんなもんが荷物を背負《しょ》って来るが、なんかあるのかね」

「いやあ、おらもよくわかんねえんだけんど、炭を買ってくれそうだって聞いたもんでね」

「へえ、そうかい、まあこっちも青菜が売れたからいいけどよ、こんな時世に豪気《ごうき》なこった」

男がまた鍬を持ち上げるのを見て、加門は、

「どうも」

と、会釈をして道に戻る。と、千秋にささやいた。

「やはりあの屋敷でした。あとは時を待ちましょう」

頷く千秋と屋敷のほうへと歩き出す。

屋敷を囲む板塀に、加門はそっと近づいた。板の隙間から中を覗くことができる。整えられた庭に面して、広そうな座敷の障子が見える。

塀沿いに進んで行くと、勝手戸に行き当たった。

そっと開けてみると、その先の台所らしき窓から煙が流れ出ているのが見てとれた。千秋も覗こうとしたそのときに、台所から人が現れた。二人はそこから離れ、また歩き出すと、御留山の裾を巡った。

ひと回りして戻ってくると、加門は足を止めた。

道の向こうから、騎乗の武士らとそれに従う供らの一行がやって来る。

「鷹狩りの御一行だ」

加門は千秋の袖を引くと、畑のあぜ道に退いた。

少し前まで畑にいた百姓達は、どこにも姿がない。鷹狩りらしい一行を見て、土下《どげ》座《ざ》いやさに皆、家へと入ったらしい。

加門と千秋は地面に膝と手をつき、近づいてくる一行を盗み見る。先頭の二人は漆《うるし》塗《ぬ》りの笠を被っているが、その下の顔ははっきりと見える。

「宗武様と宗尹様だ」

加門は千秋にささやいた。

二人のうしろには、やはり騎馬の武士がいる。加門はその顔を見て、あっと声を洩らしそうになった。老中首座勝手掛の松平乗邑だ。老年と言ってもいい歳の乗邑は、疲れを思わせる不機嫌な面持ちで、辺りを見まわしている。

一行が間近になった。

加門と千秋はその場で低頭する。一行は誰一人、みすぼらしい夫婦には目も留めずに、通り過ぎて行った。

加門はそっと目を動かして、山へと向かってゆく一行を見送った。

千秋がそっと顔を上げる。

「本当に来ましたね」

「ああ、首座様まで御一緒とはな」

「老中首座様ですか、あのご年配のお方が……まあ、このような所にまでいらっしゃるんですね」

「わたしも驚きました」

加門は小さくなっていく一行のうしろ姿を見る。

「では、目的はこれで果たされたのですか」

千秋の問いに、加門は眉を寄せた。

「いや……ここまで来たのだ、屋敷に入って、どのような話がされるのか探りたい。昼になればあの屋敷で中食《ちゅうじき》を摂るだろうから、それに合わせて屋敷に入り込む。千秋殿はどこかで待っていてください」

「わかりました」ゆっくりと立ち上がりながら、千秋は加門を振り返った。

「加門様、先ほど、歩いていた先に川がありましたでしょう」

「ああ」頷きながら加門も立つ。

「ありましたね、男達が釣りをしていた」

「はい、時を待つのなら、あそこに参りましょう。わたくし、いいことを思いついたのです」

いいこと、と首をかしげる加門に、千秋は笑顔で頷く。

「うんだ、さ、行くべ」

そう言って籠を背負った千秋に、加門も続いた。

陽が高くなってきた。

屋敷へと向かう加門の右手は縄を握っており、縄は大きな鯉《こい》の口からえらへと通されている。川の釣り人から買い取った物だ。

その名案に得意げになっている千秋は、屋敷にも付いて入ると言ってきかない。確かに、夫婦のほうが怪しまれることは少ない。釣り人とのやりとりで、加門はそれを感じていた。まあ、なんとかなるか、と加門も腹を括《くく》った。

屋敷の台所からは、まだ煙が立ちのぼっている。

鯉を千秋に渡すと、加門は勝手戸を開けた。

煙の出ている窓が台所に違いない。近づいて行くと、人の声やさまざまな音が聞こえてきた。よい匂いも漂ってくる。

「もうし」

開け放たれた入り口から加門は声をかける。が、忙しげに行き交う人々は誰も、こちらを向こうとしない。

「もうし、ごめんなせえ」

高めた声に、やっとたすき掛けの男がやって来た。手に包丁《ほうちょう》を持っているところを見ると、料理人らしい。

「なんだ」

「へえ、おらぁ炭焼きでして、炭、いらねえべか」

加門が籠を下ろすと、男は「炭か」とつぶやいて一つを手に取った。

「おう、なかなかいい炭だな」

「へえ、いいのを選《よ》ってきたんでがんす」

「よし、買ってやる。全部置いて行け」

「ありがとさんで」

加門が腰を折ると、千秋も歩み出て頭を下げた。

「んでは、焚きつけの藁もつけますんで。ようく火の付く藁なんで」

「そうか」と、料理人は千秋の手元を見て、おっと声を変えた。

「その鯉はなんだ」

「へえ、そこの川で釣った鯉でがんす」

加門の言葉に、料理人は屈んで鯉を見つめた。

「それも買おう、いくらだ」

「へえ……んだば一朱《いっしゅ》で」

加門が鯉を受け取って掲げると、千秋がさらに進み出た。

「そんなら、おらがうろこを引きやしょう」

え、と加門は驚いて千秋を見る。そんなことは聞いていない。

「できるのか」

料理人の問いに、千秋は頬被りを取りながら「へえ」と頷く。

「いっつもやってるんで。捌《さば》くのもできるけんど」

「そうか、ならば捌くのもやってくれ。人手が足りないので助かる」

「へえ、んなら、おまえさん、いつもみてえに、押さえておくれな」

千秋の言葉に、おう、と加門は鯉を横に抱えた。頷き合う二人を見て料理人は、

「その流しを使ってくれ、道具も好きに使っていい、金はあとで払う」

と、背を向けながら、台所の隅《すみ》を差した。

「頼んだぞ」

竈へと向かう料理人を「へい」と見送って、加門は千秋を窺った。不安げな加門をよそに、千秋は籠から襷を取り出して掛けている。

並んで流し台に立つと、加門は千秋の耳にそっとささやいた。

「できるんですか」

「おまかせを」

千秋はそう言うと、てきぱきと動き出した。桶に水を汲《く》むと、鯉を入れ、じゃっじゃっと音を立てて、鱗《うろこ》を引きはじめる。目を見開いて覗き込む加門に、千秋は小声で言った。

「さ、どうぞお行きなさいまし」

加門は目で頷くと、そっと台所を離れた。

庭に出て、目立たないように歩く。

声の飛び交う台所と違って庭はしんとしており、落とした枝を拾い集める植木屋の姿しか動くものはない。

加門も庭掃除を装って、枯れ枝や枯れ葉を拾いながら屈《かが》んで歩く。表のほうへ進んで行くと、戸が開いて、人が入ってくるのが見えた。笠を被った二本差しだ。供は連れていない。

それに気がついたのだろう、屋敷の中からすぐに男が出て来た。高間伝兵衛と三登屋弥三郎だ。

「これはこれは、お待ちしておりました。このような不便な所へお運びいただき、恐縮でございます。ささ、どうぞ中へ」

うむ、と侍が笠を取る。

あっ、と加門は喉の奥で声を呑み込んだ。

目付の衛藤信房だ。

そうか、御府内では会うことができないから、このような所で密会するのか……。

加門はごくりと唾を飲む。

目付は同役以外の武士とつきあうことは禁じられている。武士の管理取り締まりが役目である以上、情の通じるような関わりを持てば、役目の障りとなりかねないからだ。

「田安様方もまもなくお見えになるかと存じます」

野太い声を高めに変えた伝兵衛が、笑みを作りながら、衛藤に道を譲る。衛藤は笠を抱えて、屋敷へ入って行った。

加門は耳を澄ませた。

塀の外から、蹄《ひづめ》の音が響いてくる。宗武らの一行に違いない。

そっとその場を離れ、加門は裏へと回り込んだ。

人気《ひとけ》のない場所で、加門は縁の下を覗く。ずっと先まで続いている。身をかがめると、加門はするりと中に滑り込んだ。

そろそろと縁の下を進んでいると、頭上にいくつもの足音が響いた。

料理の膳を運んでいるらしい。

足音が向かう方向へと、加門は進んだ。塀の隙間から見た、庭向きの部屋と一致する。慌ただしい足音が止むと、それを見計らったように、庭からゆったりとした足取りが座敷へと上がるのがわかった。

加門はさらに近づいて行く。と、上から声が聞こえてきた。真下の少し手前で、加門は進むのをやめる。

「ほう、鶴とは珍しいな」

宗武の声だ。

「はい、これはここに控えます米問屋、三登屋弥三郎が用意した物でございます。わたしどもの身内でして、日頃からよく働いてくれております」

「はは、よろしくお見知りおきくださいまし」

弥三郎が勢い余って額を畳に打ち付ける音がした。

「ほう、伝兵衛の身内であれば、信用がおけるな」

乗邑の声に、宗武も続ける。

「うむ、このような膳を調えられるとは、なかなかだ」

「はっ、ありがたきお言葉」

今度は二つ、額を打つ音がした。

「田安様にお目通りが叶い、恐悦至極でございます。この弥三郎共々、よろしくお願い申し上げます」

伝兵衛のうわずった声が伝わってくる。

「このような屋敷があるのであれば、またの鷹狩りに使わせてもらおうではないか」

宗尹の言葉に弥三郎は、

「ははぁ、いつでもお使いくださいませ」

と、声を震わせる。

加門は耳を澄ませた。もう一人、いるはずだ。と、

「して、お鷹狩りはいかがでございましたか」

衛藤信房の声がした。

「うむ、今日は宗尹の鷹がよい働きをした」

宗武の声に、乗邑もそれをほめる。

鷹自慢がはじまり、にぎやかに酒食を進める音が、縁の下にも伝わってきた。

「さて、では、わたしどもは失礼いたしますので、あとはごゆるりとお過ごしを」

伝兵衛の声に弥三郎も続ける。

「御入り用の物がございましたら、手をお打ちくださいませ」

二人が出て行くのがわかった。

残った四人の声がとたんに低くなる。

「ふむ、三登屋とかいう者、使えそうだな」

乗邑が言うと、「はっ」と衛藤が合わせる。

「あの高間伝兵衛とかいう者も、打ち壊しに遭ったと聞いておりますが、なんともた

くましそうな男ですな」

「ああ、あれは人並みではない。頭も切れるが、なにより肝《きも》が据わっておる。そこが使いどころのある男よ」

そう言う乗邑に、衛藤がささやく。

「しかし、あの三登屋はどうですかな。つまらぬ儲けのために、勘定所の役人を利用しております。下手《へた》を打てば、足元を掬われかねませぬ。ちと、言うておいたほうがいいかと」

「そうなのか、では、そのほう、釘を刺しておくがよい」

「はっ」

やはりそうだったか……。加門は唇を嚙む。三登屋が勘定所の役人と繋がっていることを衛藤は知っている。ということは、やはりその役人が衛藤に泣きつき、衛藤が黒鍬者を動かしたに違いない。

宗武、宗尹兄弟の笑いが響く。

「兄上、この菓子はなかなかよい味です」

「そうか、ふむ……そういえばそなた、西の丸に菓子を持って行ったのであろう」

兄の問いに、弟が答える。

「はい、竹千代のようすを見に行ったのです」

その言葉に、しんと間があく。皆が宗尹を注視しているらしい。

「いや、赤子は病にかかりやすいというから、どうであろうかと期待して行ったのですが、あのお子、父親に似ずに健やかに育っておりました」

病を期待してるのか、と加門は眉を寄せる。

「よりにもよって男子とはな、あの側室もよけいなことをしてくれる」

宗武の吐き捨てるような声に、乗邑が頷くのがわかった。

「ほんに……跡継ぎがなければ、廃嫡の件も強く出ることができるのですがな」

「しかし」宗尹が声を改める。

「赤子というのは、ひょんなことで命を落とすもの。まだまだあきらめずとも、今後に期待できましょう」

「まあ、それは」と乗邑が抑えつつ、笑いをもらす。

「なにが起きるかはわからぬということだ」

「うむ、まさしく」

宗武の声は遠慮のない笑いを伴う。

それぞれが軽口を言い、さらに笑いが高まっていった。

加門はぐっと拳を握った。と、そのとき、足に激痛が走った。うっ、と息を殺しつつ身をよじる。そのはずみで、加門の頭が縁の下の木にぶつかった。

上が静かになった。

「なにか音がしましたね」

衛藤の声だ。

加門は息を止めた。

「まさか、曲者《くせもの》がおるのではあるまいな」

宗尹が膝を立てたのが、伝わってきた。

「人を呼ぶか」

「うむ、そうだな」

加門は息を吸う。と、口を上に向けて喉を震わせた。

「ちゅうちゅう……きききっ……」

その響きに、皆がまた動く。

「なんだ」

宗武の声に衛藤が答える。

「鼠《ねずみ》、それに鼬《いたち》の声ですな、うちにも出ます」

「ふむ、鼠を鼬が襲ったか」

　乗邑の声に、「ああ」「なんだ」と皆の笑いが洩れた。

「鼬は山でも見たぞ」

　宗尹の笑いに、兄も「ああ、いたな」と続ける。

　それぞれが胡座を組み直し、また箸を取る音が伝わってきた。

　ほっとした加門の目の前を、本物の鼠が走って行く。

「されど……」

　上から衛藤の重い声が響いた。

「一応、外を見張らせたほうがよろしいでのはありませぬか」

「ふむ……それもそうか」

　宗武が返事に続けて、手を打つ。

「誰かある」

　奥の部屋から足音が駆けつけてくる。

　加門はまた息を呑んだ。

「表を見張れ、怪しい者がおるやもしれぬ」

　宗武の言葉に「はっ」と返事が響いて、足音が戻って行く。

加門はその足音がやまぬうちにと、素早く向きを変えた。

入って来た裏側へと進む。と、その頭上を、ばらばらと人が駆けるのがわかった。

奥で控えていた供侍が走り出たのだ。

加門は息を呑みつつ膝で進む。目の先に外の光が見えてきた。が、走る人の足も見える。

どうする……。加門は首を回す。左だ……。身体の向きを変えた。そちらには台所もある。

足が走り去ったのを見て、加門は縁の下から抜け出た。と、立ち上がろうとした足がよろめいた。ずっと膝を曲げていたために、うまく動かない。

そこに庭の向こうから声が上がった。

「何者だ」

供侍がこちらを見ている。

加門の頭の中が熱火のように巡る。炭焼きとして騙《だま》し通すか、それとも逃げるか……。そうだ、千秋殿は……。

加門は傍らの台所に飛び込む。

千秋の姿はない。

一気に汗が噴き出し、加門は外に出る。そこには供侍の一人が駆けつけていた。

「きさま、怪しいやつめ、何者か」

抜刀し、刀を構える。

やるしかない……。加門は懐に手を入れると、冷たい鎖《くさり》をつかみ出した。輪に巻いていた長い鎖を両手で伸ばす。先には鉄球《てっきゅう》が付いている。加門はそれを回した。

「こやつ」

侍は後ずさりながら、大きく口を開く、

「曲者だー、こっちだ」

加門は鉄球を侍の刀へと投げつけた。くるくると鎖が巻き付く。それをぐいと引き寄せると、侍の身体が傾いた。

加門は大きく足を回して、その腹部に蹴り込んだ。

ぐうっ、という声とともに腕が緩む。加門はさらに鎖を引いた。刀がひらりと宙に浮き、加門の手に落ちてきた。

鎖をほどき、加門は刀を構える。

「何者」

駆けつけてきた侍を加門は見た。

中間や小姓もいる。が、これらは相手ではない。抜刀している侍は三人だ。

加門は腰のひけている一人に斬り込む。

振り下ろした加門の剣を受けるが、あっけなく受けた刀が跳んだ。開いた前面に、加門はまた蹴りを入れた。

「こやつ」

右からもう一人が斬りかかってくる。

身をかがめてそれを躱すと、下から峰で胴を打ち込んだ。呻き声が洩れ、上体が折れる。その項《うなじ》を、加門は刀の柄《つか》で打った。男はそのまま地面に倒れ込む。

「きさま、何者か」

残った一人がじりじりと、足を動かす。

加門は刀を左手に持ち変えると、腕にかけていた鎖を右手に取った。

それを回す。

相手と向き合いながら、間合いを詰めていく。と、加門はその鎖を放った。男の左脚に巻き付く。引くと同時に、男の身体は一瞬、浮き、地面に仰向けに落ちた。

「なんだ」

「どうした」
庭のほうからさらに人の声が近づいてくる。
屋敷の使用人達だ。中には用心棒らしい厳《いか》つい男もいる。
と、その前に、なにかが落ちた。
それが大きく炸裂《さくれつ》する。大きな音を立てて火が飛び散り、瞬く間に煙が広がった。
うわぁ、と男達が身をかがめる。
もう一つ、上から降って来るのが見えた。
まるめられた火付けの藁だ。
落ちると同時に、また炸裂する。火薬玉が包まれているに違いない。
「ケーン、ケーン」
外から声が響く。
千秋だ……。加門は勝手口へと走り出す。
男達はさらに落ちてきた火薬玉に阻《はば》まれ、足を止めている。
外へと飛び出すと、千秋がそこにいた。
「加門様、こちらに」
山のほうへと走り出す。

加門も頷きながら、森の中へと逃げ込んだ。山の斜面を駆け上がる。逃げるときには行きたい方向へ行ってはいかん。誰もが己の陣地に逃げようとするが、敵はそれを察知して追う。逃げるときには反対に逃げよ……。それは吉翁の教えだ。千秋は今、それを実践しているに違いない……。そう納得した加門は、すぐに千秋に追いつき、その手を引いて、大きな幹の陰に身を隠した。

顔を覗かせると、下の屋敷が見えた。

出て来た男達は、村のほうへと走って行く。江戸へと続く道だ。

千秋は高揚した赤い顔で、加門を見た。

「山を抜けて川に参りましょう」

「うむ、そうだな」

加門も息を整えながら頷く。

そっと山を歩き出し、木々の中を進む。

もはや、屋敷の騒ぎも聞こえない。

「あ、しまった」

千秋がまだ高揚したままの声を洩らす。

「なんです」

驚く加門に、千秋は真剣な面持ちで、

「鯉の礼金を受け取り損ないました」

加門は、一瞬、口を閉ざし、すぐにそこから息を吹き出した。

「まあ、なんです」

眉を寄せる千秋に、加門は首を振る。

「いや、千秋殿に感心しただけです」

行く手から雉が飛び出し、ケーンと鳴き声を上げた。

第五章　上意

一

登城した加門は、本丸に上がる前に、西の丸に足を向けた。と、ちょうど庭を歩く意次の姿があった。本を抱えて、紅葉山の御文庫のほうへ歩いて行く。

「意次」

走り寄る加門の声に、意次が振り向いた。

「おう、加門、来たのか」

「ああ、そなたに話があってな。ちょうどよいところで会った」

「ああ、今、御文庫に本を取り替えに行くところだ。家重様が新しい本をご所望なのでな。わたしの部屋で待っていてくれ」

「いや」加門は辺りを窺う。「御殿では話せないことだ、こっちのほうがいい」

そうか、と意次は人気《ひとけ》のない木々の中に進んだ。

誰もいないのを確かめて、加門は意次に身を寄せて小声でささやいた。

「実はな、先日、御留山で……」

起きた出来事を話す。

意次の顔がみるみる歪んだ。

「なんと……首座様はわかるが、目付も来たのか」

「うむ、衛藤信房という目付だ。その手下の徒目付が、以前、三登屋別邸の会合に来ていたのだ。わたしは顔を知られ、命を狙われた。容赦のない人物だ」

ううむ、と意次は唸る。

「米問屋とそこまで密に繫がっているとは……」

「ああ、なにしろ高間伝兵衛は、上様の御下命を受けて米相場を託された米問屋だ。悪びれることもなく、開き直っていた。その傘下が三登屋でな、それがまた勘定所の役人と繫がっているのだ」

眉間にしわを刻む加門に、意次も眉を寄せて息を吐く。

たのか」

「あるまじきことだな……では、その役人が目安を出そうとした山瀬勝成殿を襲わせ

「間違いないな。役人は目付の衛藤と何らかのつながりを持っていて、頼み込んだのだろう。そして、黒鍬者が役人に貸し出された、という筋だと思う」

「なるほど、ありうることだな。で、その役人が誰か、わかったのか」

いや、と加門は首を振った。

「探索はしているのだが、まだ突き止めてはいないのだ。これではないか、という目星は付けてあるので、すぐに明らかにしてみせる」

「うむ」意次は加門の肩に手を置いた。

「しかし、気をつけろよ。悪事にためらいのない者は、なんでもやるからな」

「ああ、気を引き締めてかかる」

そう笑って見せる加門に、意次は小首をかしげた。

「したがどうする、このこと、家重様に告げてもよいか、この一件、気にかけておられるようだし」

「ああ、そなたに任せる、役人を突き止めたら、また知らせる」

「わかった、怪我をするなよ」

意次の心配げな顔に「ああ」と加門は笑顔を向けて、身を翻《ひるがえ》した。

西の丸から、本丸下へと加門は出た。

警護の厳しい表御門を避けて、二の丸から梅林坂を上ろうと歩き出す。と、その二の丸のほうが騒がしい。足を止めると、そこでいきなり背中を叩かれた。

「加門」

叩いたのは父の手だった。表の坂を急いで下って来たらしく、息が荒い。

「ああ、驚いた」加門は父と向き合う。

「なにかあったのですか、人が集まっているようですが」

「ああ」と父は二の丸に向かって歩き出す。

「それを確かめに来たのだ、なにやら騒ぎが聞こえてきたのでな」

加門も父について二の丸に進む。

切り立った本丸の石垣の下には、外とは繋がっていない短い濠がある。白鳥濠《しらとりぼり》だ。

そこに人が集まり、ざわめきが起きていた。

数人の男達が濠の中に入り、なにやら動いている。

近くに行くと、男達は女を濠から引き上げているのだとわかった。

覗き込む人々のささやきが聞こえてきた。

「お末《すえ》が飛び込んだらしい」

「またか、困ったものよ」

お末は大奥の下働きの娘達だ。下級武士の娘や町娘などが、お城奉公として上がって来ると、まずはお末として働きはじめる。たとえ下働きでも、大奥勤めは最上の行儀見習いとされ、娘の格がぐんと上がるために、勤めを望む者はあとを絶たない。が、そこで待っているのは過酷な日々だ。これまでしたこともない下働きだけでもつらいのに、厳しいしつけも受けることになる。

長年、大奥で暮らす女中のなかには、その息苦しさの憂《う》さを晴らすために、お末をいびる者もいる。大事に育てられた町娘などは、その苛烈さに病となって宿下がりをし、そのまま戻って来ない。が、宿下がりも許されず、自ら命を絶ってしまう者も、しばしば出るのだ。この石垣は大奥から間近なため、追い詰められた娘は、ここで心を解き放ってしまうのだろう。

水の中の男達は、娘の亡骸《なきがら》を水面へと持ち上げた。

「さっさと引き上げろ」

陸から怒鳴り声が飛ぶ。怒鳴っているのは、加門も顔を見知った伊賀者の組頭だ。

庭や門の警護をする伊賀者は、こうしたときにも駆けつける。

上からも引っ張られて、娘の身体が引き上げられた。水の中の男達がぐいとをそれを押し上げる。

おや、と首をかしげて加門は一歩前に出て、その光景を見つめた。

前に立っていた伊賀者組頭は、加門を振り向く。

「御庭番は無用、下がられよ」

娘の身体が陸に上がった。と、その下にいた男がこちらを見る。

あ、やはり……加門はうしろに下がった。

黒鍬者の浅黒の男だ。

水の中から、男もこちらに気づく。

上と下で目がかち合った。

思わず足が止まった加門に、伊賀者組頭は声を荒らげた。

「御庭番はこのような不浄に関わらずともよい」

上様にお目通りする者が不浄に触れてはいかん、という妬みとうらやみがその顔には浮かんでいる。

加門ははっと気を取り直し、人混みの中に退いた。

下がってきた加門に、父が言う。

「あとは黒鍬衆の仕事だ、参ろう」

踵を返した父に、加門も従う。

坂を上りながら、加門は濠のざわめきに耳を向けていた。

本丸の御広敷に上がって、加門は同僚に挨拶をする。村垣家の清之介がすぐに寄って来た。

「お末の身投げらしいな、そなた、見たのか」

「ああ、知らずに近づいて見てしまった」

加門の苦笑に、清之介は目を見開く。

「どのような娘だった、器量よしか、もしかしたらそれで妬まれたのかもしれんな、ええい小面憎《こづらにく》い娘よ、などと言われて」

加門は眉を寄せて、

「いや、顔は見ていない。溺《おぼ》れ死んだ顔は口を開いて痛々しいというからな、見ないほうが供養というものだ」

そう首を振ると、奥へと歩き出した。

三の丸の裏には平川門《ひらかわもん》がある。大奥の女達はここから出入りをするのだが、この門には別の呼び名があった。不浄門《ふじょうもん》だ。城の裏門であり、北東の鬼門《きもん》にも当たる。ゆえに、罪人や死人《しびと》は、この門から城の外へ出されるのだ。

加門は大奥を回り込んで、梅林坂を下った。白鳥濠から平川門へは、この下を通ることになる。坂の下で止まると、大きな梅の木の陰に身を隠して、平川門への道筋を覗き見た。頭上の梅の木はすでに葉を出しはじめており、風に揺れる。

じっと息を凝らしていると、お末を載せた荷車がやって来た。亡骸には菰《こも》が被せられている。車を引く者も押す者も黒鍬衆だ。

押す男達のなかに、思ったとおり、あの浅黒の男の姿があった。

城中で出た死者の処理には、黒鍬衆が当たらされることが多い。戦乱の世に戦死者を葬ったという役目であったことが、その因《もと》となっているのだろう。さらに、城中の死は秘されるため、秘密を守れる者が当たるのが必定だ。

加門は木の陰から男の姿を窺った。と、歪んだ男の顔が、ふとこちらを見た。すぐに身を隠したものの、一瞬、目が交わった。

「おい、力を抜くな」

先頭から声がかかる。

浅黒の男が慌てて肩に力を込めるのがわかった。

ちっ、と舌打ちの音が聞こえるように顔を歪め、男は加門が隠れた木を睨む。が、すぐに一行は向きを変え、不浄門へと進んで行った。

加門はそっと、林から出た。

二

着流しの浪人姿に身を変えて、加門は三登屋が見える辻に立った。人足や職人など、姿を変えて、いくども来たものの、三登屋に動きはなかった。

必ず勘定所の役人と会うはずだ……。そう己に言い聞かせるようにして、三登屋を横目で見る。

前を通り過ぎ、また戻って来たときに、三登屋弥三郎が店から現れた。

すれ違ってから、振り向く。

今日は大島川方面ではない、大川沿いを川上に向かって歩いて行く。若い手代が一人、箱らしい包みを抱えて付いて行くのもこれまでと違う。

よし、と加門はそのあとを追う。

弥三郎は本所《ほんじょ》の町に入って行った。川向こうの両国《りょうごく》ほどにぎやかではないが、料理茶屋なども並ぶ一画だ。

そのうちの一軒に、弥三郎は入って行った。やや間をおいて、加門も上がり込むと、手代が所在なさげに、控えの間に座り込んでいるのが見えた。包みは弥三郎が持って行ったに違いない。

「へい、らっしゃいまし」

出て来た茶屋の手代に、

「先ほど上がった商人の隣を頼む」

二朱金をそっと渡すと、手代はへいと含み笑いをしつつ、二階の部屋へと案内をしてくれた。

「こちらですよ」

手代は馴れたこととでも言いたげに、小声で隣の部屋を指さした。商談を盗み聞きする客は珍しくないのだろう。

部屋に入ると、加門は隣と隔てる襖に身を寄せた。

息を凝らして窺っていると、しばらくして階段を上る足音が聞こえてきた。いちいち重く踏みしめる武士の歩き方だ。

谷垣か……。加門は息を呑む。

不正を行っている役人は、御殿で加門を小馬鹿にした谷垣ではないか、と踏んでいた。弁当自慢といい、妻自慢といい、さらに人を見下《みくだ》す目つきといい、いかにも賄賂を取りそうな人品と感じたからだ。

襖の開く音がした。

「これはこれは、お待ち申しておりました」

弥三郎の声がする。

「うむ、待たせたな」

その声を聞いて、加門はえっと口を開いた。谷垣の声ではない。

柏木巳之助《みのすけ》だ……。支配役で家紋は梅、弁当に鯉を入れていた男だ。

加門は息を詰めて、耳を澄ませる。

「ですが」弥三郎の声だ。

「このような所にわざわざお呼び立てとは……いつものように手前どもがお伺いいたしますのに」

「いや、もう屋敷に来ることはならぬ」

柏木の声がぴしゃりと返ると、弥三郎の声がおどおどと怯《おび》えた。

「それは、またなにか、手前どもが不都合をいたしたのでしょうか」

「そうではない、ちと、厄介な者が動いているのだ」

加門は唾を飲む。自分のことだ、あの黒鍬者が告げたに違いない。不正役人はこの柏木だったのか……。

「厄介な者、とは」

弥三郎の声がおずおずと問うと、

「そなたは知らずともよい」

柏木が強い声を出す。

「さようでございますか、あいわかりました」

弥三郎の声が神妙になり、続いて畳をこする音が立った。

「では、今後はこちらでということに……どうぞ、お納めくださいまし」

あの木箱を差し出しているに違いない。

「うむ、御苦労であった」

柏木のとってつけたような返事とともに、木箱が引き寄せられる音がした。中身の重さが感じ取れる。

「して、商いのほうはどうか」

柏木の問いに、弥三郎の笑いが洩れる。

「はい、おかげさまでほどよく。先日は田安様と二の丸様にもお目通りが叶いまして、御目付の衛藤様にもお覚えいただきました」

「なに」と、柏木の声が尖る。

勘定所の役人身分では、将軍の息子と目通りするなど、簡単ではない。

「よ、よく、叶ったな」

うろたえる柏木の声に、弥三郎の声音は「はい」と高くなった。

「これも老中首座様のお力。うちの旦那様がご信頼をいただいているおかげと、ありがたく存じております」

「う、うむ、そうか。衛藤様はよいお方であろう。わたしも日頃から、なにかと目をかけていただいているのだ。なにしろ縁戚なのでな」

張り合おうという気が伝わってくる。

「はい、御目付様からそうお伺いいたしました。柏木様のお力も、改めてようくわかりましてございます」

「うむ、そうか」柏木はごほんと咳をする。

「喉が渇いたな」

「ああ、これはこれは気がつきませんで、失礼いたしました」

弥三郎がぱんぱんと手を打つ音が響いた。

はーい、と返事があり、廊下を走る音が響いた。すぐに襖が開く。

「膳を持って来ておくれ」弥三郎が酒や料理を注文する。

「いいね、一番よい物をお出ししておくれ、それと芸者だ」

はい、とうれしげな返事を残して、足音が去って行く。

「そういえば」弥三郎の声が改まった。

「御留山の別邸で田安様方をお迎えしたときなんですが、屋敷に怪しい者が忍び入ったのです」

「怪しい者……」

柏木の訝しげな声に、ごくりと加門の喉が鳴りそうになる。

「はい、ですが、御一行のお侍様方が、それを追い払ったそうです」

加門は苦笑する。そういうことになっているのか……。

柏木の唸りが聞こえてきた。

「ふうむ、それもまた気にかかるな」

「はあ……まあ、衛藤様は心配には及ばぬ、と仰せでした。御目付様には御配下が多いそうで」

「そうか」柏木の声がほっとする。

「なれば気にせずともよかろう。衛藤様の御配下は手練《てだ》れの者が多いからな」

「さようでございますか、ならば安心」

揉み手が見えるような声だ。

階段を上がってくる足音が響く。女達の高い声がそこに混じる。膳よりも先に、芸者が来たようだ。

「いらっしゃいまし」

にぎやかになった隣の襖から離れて、加門は廊下へとそっと出た。

料理茶屋を出て歩き出すと、加門は項《うなじ》を緊張させた。人の視線を感じる。

足を緩め、加門はその気配をやり過ごそうと道の端に寄った。が、その気配も追って来る。足を止めると、その気配も止まった。目だけを動かして足元を見ると、着流し姿の浪人らしい。

もしや……。意を決して、加門は振り向く。

立っていたのはあの浅黒の黒鍬者だった。

「やはり、そなたであったか、黒鍬衆だったのだな」

加門の言葉に、男は口を歪めてにやりと笑った。

「そっちこそ御庭番だったとはな。名はなんという」

加門も歪んだ笑いを返す。

「先に名乗るのが礼儀、だがよい、わたしは宮地加門」

ふんと、男はさらに口を曲げる。

「わたしは北田藤太《きただとうた》だ」

藤太は脇差しの鯉口を切ると、くいと掘割のほうを示した。

「勝負しようではないか」

「断る」加門は腕を伸ばしたまま、拒絶した。

「勝負をする必要がない」

「そうか」藤太が首を伸ばす。

「だが、こちらにはある。そなたが御庭番であると告げたらな、斬り捨てろと命じられたのだ」

ぐっと、加門は喉を絞った。

「衛藤か柏木か、どちらだ」

ふんと藤太は鼻を鳴らす。

「そんなこと、道では話せぬな、あちらに参ろう」

加門は首を巡らせた。道ゆく人々が、張り詰めた二人のようすに、なにがはじまるのかと足を緩めて見ている。

歩き出した藤太に、しかたなく加門も続いた。

水が流れる堀の土手には、芽を出しはじめた柳が枝を揺らしている。

その横に立つと、藤太はくるりと加門に向いた。

「命じたのが誰か、知りたいか」

藤太の声には、殺気が含まれている。が、加門はそれに怖《お》じぬように、腹に力を込めた。

「知らねば、報告ができぬからな」

「報告か、上様にお伝えするということか」

「そうだ」

「ふん、上様に報告とはご立派な役目だ。だが、しょせん、紀州から出て来た田舎者、それがお城でふんぞり返っているとは、笑わせてくれる」

加門は言葉に詰まる。同じ科白《せりふ》は伊賀者らにも言われてきた。家康公以来、城を守る者にとっては、よほど新参者が目障りらしい。

藤太は左足を踏み出した。

「古参を差し置いて、上から下まで新参がのさばりおる。御庭番など、端《はした》までもが偉そうなことよ」

加門も鯉口を切った。

「されば、それが役目」

藤太が刀を抜く。

「そうか、こちらも命じられたことをするが役目。上役が泣きつかれ、そちらに貸し出されようとも、言われたとおりに務めるが役目よ」

自嘲気味に声もなく笑う。

加門はやはり、と腹の底で頷いた。この藤太は、衛藤が柏木に預けたということなのだな。では、斬り捨てろと命じたのは柏木……。加門は柄に手をかけたまま、相手を見つめる。

藤太は、はっと笑いを洩らす。

「だがな、そなたを斬るのは命じられたゆえばかりではないぞ。御庭番など目障りなだけ、腕が鳴るわ……どうした、刀を抜かんか」

加門はじり、とうしろに下がる。

藤太がさらに一歩、踏み出す。
「不浄の者とは闘えぬとでも言うかっ」
怒声とともに、斬り込んでくる。
加門は白刃を抜くと、それを受けた。
互いの力が弾き合い、双方、うしろへ飛び退く。
刀を構え直して、加門は腰を落とした。
互いの眼が、宙でぶつかる。
ふうぅ、と加門は鼻から息を吸い込んだ。臍下《へそした》の丹田《たんでん》に力が集まってくる。
藤太の鼻もふくらむ。通る息が聞こえてくるようだ。
加門は気を集中させた。
堀川を流れる水音が聞こえてくる。
藤太の口が動く。
「ええいっ」という声とともに、剣を振り上げた。
地を蹴り、突進してくる。
斜めから下りてくる剣を、加門は身をかがめて躱した。
空を斬り、藤太の身体が揺らぐ。が、向きを変えて、藤太はまた加門に剣を振り上げた。

その剣も、加門は下からはじいた。

揺らいだところをさらに、打ち込み、藤太の刀を手からはじき飛ばす。

「くそっ」

と吐き捨てて、藤太は懐に手を入れ、短刀を取り出した。

突進してくるつもりらしい。

加門も懐に手を入れた。

輪にしてあった赤い縄をつかみ出す。それをほどくと、大きく回した。先には尖った鉄の苦無《くない》が付いている。それが錘《おもり》となって、くるくると回る。

走り寄る藤太の脚に、その苦無を投げつける。縄は足に巻き付いた。加門はそれを引く。

藤太の身体が傾いた。

さらに縄を引くと、その身体は地面に倒れ込む。

加門はその上に跳びかかった。

上に覆《おお》い被さると、その頭を押さえ込む。

手にした刀を横にして、藤太の喉元に突きつけた。

ぐうっと音が洩れる。

下から睨め上げる藤太の目を、加門はまっすぐに見つめた。

「不浄などとは思っておらぬ。役目を選べぬのが、我らが定めだ」

「このっ」

藤太が脚で地面を蹴った。

反動で上体が起き上がり、加門をはねのける。

藤太は短刀で脚に巻き付いた縄を切ると、飛び起きた。

「きさま、ふざけたまねを」

が、引きずった苦無のせいでよろける。加門はそこに大きく脚を蹴り上げた。

腹に蹴りが入り、藤太の身体が仰《の》け反《ぞ》った。

身体が土手に浮く。

「うあっ」

叫びとともに、土手を転がり落ちていく。

大きな水音が立った。

水しぶきの中の藤太を見て、加門は刀を納める。

「浅い堀だ」

そう言って背を向けると、加門は町へと走り出した。

三

外桜田の御用屋敷。

加門は塀の内に入ると、自分の家に戻るより先に村垣家に足を向けた。

庭の前を過ぎると、

「あら、加門様」

椿の枝を手にした千秋が、走り出て来た。

戸口の前で止まった加門に、微笑みながら寄って来る。

「うちに御用ですか、お爺様は術を教えに行っていますが、直《じき》に戻ります。中でお待ちくださいな」

ああ、いえ、と加門は笑みを返した。

「千秋殿に用なのです」

そう言って懐に手を入れる。

「わたくしに……」

戸惑うような面持ちで見守る千秋に、加門は握った手を差し出した。

「これを。このあいだのお礼です」

はあ、と差し出された千秋の掌の上で、加門は拳を開いた。

「まあ」慌てて両手を揃えると、千秋はそれを受けて掲げた。

「矢立《やた》て……」

小さな筆入れと墨壺《すみつぼ》のついた携行用の筆記具だ。千秋は筒を開けて、筆を取り出す。

「まあ、わたくしずっと前から欲しかったのです。父上に言うても、必要なかろうと言われて……まあ、うれしゅうございます」

満面の笑みに、加門もつられる。

「それはよかった、千秋殿は身を飾る物よりも、こういう物のほうが好きなのではないかと思ったものですから」

「はい、なぜ、おわかりに」

千秋は矢立てを握りしめる。

加門は苦笑した。なぜと問われても答えられない。が、勘は正しかった、と思う。

千秋は筆を上に掲げて見上げると、きらきらとした目でそれを見つめる。

「次のときにはこれを持って行きます。いつでも文のやりとりができますものね、そうだわ、忍び文字のように、他の人には読めない秘密の字を作りましょう」

「いや、そこまでしなくても……」

加門の苦笑に、千秋は真剣な面持ちになる。

「まあ、なれど、密かに文を投げても、人に読まれては意味をなしませんもの。そうだわ、秘密の絵文字でもいいかもしれませんね」

楽しそうに目を輝かせる千秋に、加門は笑い出す。

「千秋殿、そうそう出番は来ません、それにこれ以上、危ない目に遭わせるわけにはいきませんから」

「まあ、そのようなこと……わたくしあんなに気が逸《はや》ったのは初めてです。おもしろうございました、それに……」千秋は小声になる。

「驕《おご》りのようですけれど、ちょっと自信が付きました」

確かに、と加門は頷く。機転の利かせ方も度胸も大したものだった。おそらく兄の清之介よりもずっと上だろう……。思わず苦笑する加門に、千秋も微笑む。

「ですから、次にもわたくしを連れて行ってくださいませ。もっとお役に立つように、爺様から難しい術も教えてもらうつもりです」

ああ、いや、と遮ろうとして、それをやめた。いつ、なんどき、助けてもらうことになるかわからない。

「そうですね、またなにかの折にはお願いするかもしれません」

「はい」

千秋は大きく頷いた。


「父上、おられますか」

宮地家の戸を開けると、加門は奥へと進んで行った。

「おう、帰ったか」

父はいつものように障子を開けて顔を出すと、

「ちょうどよかった、こちらから神田に出向こうと思っていたのだ」

そう意外な言葉を言った。

「は、なにか急ぎの用ですか」

加門が慌てて向かいに座ると、父が首を伸ばした。

「このあいだの御留山の話だ、目付も来たと言うたであろう、衛藤信房という名であったな」

はい、と加門は頷く。御留山から戻ってすぐに、見聞きしたことは伝えてあった。

で、と父は言葉を繋ぐ。

「あれからまたなにか、わかったことはあるか」

「あ、はい、問題の役人もわかりました」

料理茶屋でのことを伝える。

「ふうむ、そうか、これで最後の探索もすんだな。で、その柏木とかいう役人、衛藤信房の縁戚というのは本当なのか」

「あ、いえ、それはまだ確かめていません。それを調べてから、上様に報告しようと考えています」

「うむ、なればちょうどよい、その衛藤信房という御仁、亡くなられた父上の一周忌法要を、三日後に行うそうだ」

「法要……では、親族が集まるということですか」

「そうよ、実は衛藤信房の名を聞いてから、わたしとて気になったからな、話を聞き集めたのよ。したら、その法要の話が出て来たのだ。場所は巣鴨《すがも》の全徳寺《ぜんとくじ》だそうだ。柏木という役人が縁戚であれば、来るやもしれん」

「そうですね、行ってみます、ありがとうございます」

頭を下げる息子に、父は「うむ」と頷く。

「年を取れば、それなりの年の功というのもあるのだ。張り合おうとせずに、頼ったほうが得だぞ」

う、と加門は喉を詰まらせる。父に張り合う気持ちがあったのを、見透かされていたらしい。加門は素直に頭を下げると「はい」と頷いた。

次の日。

朝の医学所に、加門は早めに着いた。

「おはようございます」

いつものように土間から上がると、将翁が廊下の奥から顔を出した。

「加門か、ちと来い」と、手招きをする。

奥へ行くと、将翁は上背のある加門を見上げた。

「昨日、越前様の屋敷に薬を届けて参ったぞ」

「そうなのですか、忠相様のお加減はいかがでしたか」

忠相が本丸御殿でいやがらせを受けている、という話は、忠光から聞かされたあと、すぐに将翁に告げていた。

「うむ、やはりげっそりとされておられたからな、いくつかの薬をお渡ししてきた。

で、気苦労がおありでは、と鎌をかけたら、御殿勤めの厳しさをちいとだけ話してくだすった」

「そうですか……大名ともあろう者が子供じみたいやがらせをするなど、信じがたいことですが」

「いやいや、愚かな者は、どんなに歳をとっても愚かなもんじゃ」

へえ、と加門は顔をしかめる。

「しかし、才のあるお方がそのようなことでお気を煩わされるなど、御公儀にとっても損だと思うのですが」

「うむ、それはまさしくな。じゃから、これからいろいろとお支えしていくつもりじゃ。あのお方には、まだまだお元気でいてもらいたいからな」

「はい」と頷く加門の腕を、将翁はぽんぽんと叩く。

「教えてもろうてよかった。御庭番が弟子におるのも悪くないな」

にいっと笑って、将翁は背を向ける。

「さ、講義をはじめるぞ」

弟子達のざわめきが、聞こえてきていた。

そのざわめきも将翁が講義所に入ると、ぴたりとやむ。

「さてと」将翁は座った。以前は立って講義をしていたのだが、最近は座るようになっていた。

将翁は皆の顔を見渡す。

「本題に入る前に、少し別の話をする。前に外邪《がいじゃ》の話をしたのを覚えていよう。天気や風土は度を過ぎると外邪となって身を損なう。さて、なにが外邪となるか、覚えておる者は言うてみよ」

「はい、冷風や熱風です」

「湿気や乾燥も外邪となります」

弟子達が次々に手を上げる。

「はい、冷気や熱気もです」

うむ、と将翁は頷く。

「そうした自然のものの他にも外邪となるものがある。それは人じゃ」

人、とつぶやきが広がるのを見渡しながら、将翁は口を開く。

「そうよ、人はときに自然以上の外邪となる。悪態を吐かれたり、いやがらせをされたりすれば、人の心は損なわれるであろう。人の悪意というものは、自然以上の外邪となるのだ」

なるほど、忠相様にとっては大名方が外邪か……。と、加門は腹の内で思う。と、隣の正吾が手を上げた。

「先生、自然の外邪は家や服などである程度防げますが、人の外邪はどうするのがよいのですか。悪意を除く方法はあるのでしょうか」

将翁は「いいや」と首を振る。

「人の心に巣くう妬《ねた》みや嫉《そね》みなどは、消すことはできん。相手の心を変えることは無理じゃ」

じゃあどうすれば、というささやきが広がる。

「ふむ、どうするか。まず、薬を処方するやり方がある。気を充実させる補気薬もよい、それに精をつけるための強壮薬もよい。食べ物で補ってもよい。心身を強くすることが、あらゆる外邪に負けぬ基《もと》となると、前に教えたな」

「はい」と、皆が頷くと、将翁もそれに応えた。

「人という外邪に対しても、それは同じじゃ。だが、人に対してはさらに対処のしかたがある。それは味方を得ることじゃ」

味方とは、とまた皆がざわめく。

将翁はにっと笑う。

「味方を得て戦えという意味ではない。己の苦境を話すだけでもいいんじゃ。話してわかってもらえば、心は軽くなる。そういうことはなかったか」

「あります」

「はい、ありました」

いくつかの声が上がる。

「うむ、そうであろう。わかってもらえる、同情してもらえる、励ましてもらえる、そうしてくれるのは相手に善意があるからじゃ。悪意を受けて損なった傷口を、善意で補うということよ」

なるほど、と加門もつぶやく。

「じゃから、人という外邪を受けたときには、誰かに話すだけでもよい。外邪に抗する力になるんじゃ。日頃から友を大事にせよ、ということじゃ」

しんと静まりかえるのを見て、将翁は苦笑した。

「まあ、良薬を得るのが難しいのと同様、よい友を得るのも難しい。が、求めればいつか得られるものよ」

あのう、と内弟子の豊吉がおずおずと手を上げる。

「先生に話すのはだめでしょうか」

ううむ、と将翁の口が曲がる。

「まあ、だめではないが、皆で来られても困る。順番にな」

「では、わたしが一番で」

豊吉の声に、皆が吹き出す。

加門も笑い出していた。

四

登城した加門は、険しい顔で追い抜いて行く役人を見送った。逆に、表から出て来て、小走りにすれ違う役人もいた。

なんだ、と思いつつ御広敷の庭に行くと、父がすぐに気づいて近づいて来た。加門も早足で寄ると、

「なにかあったのですか、慌ただしいようですが」

そう問う。

「ああ、西で百姓一揆が立て続けに起きていると、昨日、知らせが入ったのだ」

父は答えつつ、加門の腕をつかむ。

「それよりも今朝方、西の丸から使いが来た。加門が登城したら、西の丸に顔を出せ、というお言付《ことづ》けを預かったのだ。すぐに参れ」

「西の丸から……わかりました」

加門は駆けるように狐坂を下りて、濠を渡る。

西の丸に着くと、待っていたかのようにすぐに中奥へと通された。入れ違いに、小姓見習いや女中などが出て行く。人払いをしたらしい。

通された部屋には、家重と大岡忠光、そして意次が待っていた。

「お呼びとのこと、参上いたしました」

加門が低頭すると、

「ち、こ、う」

と家重の声が答えた。忠光も手招きをする。

「よい、もそっと寄れ。話がある」

はっ、と膝行していくと、忠光が頷いた。

「ずいぶんと調べが進んだようだな、意次、いや主殿殿《とのもどの》に聞いたぞ。して、上様には報告をしたのか」

「いえ、まだです」

「ふむ、そうか。そなた、百姓一揆が起きたことは聞いたか」

「はい、先ほど本丸で聞きました」

加門が頷くと、家重が眉を寄せた。

「いっ、きが……増え、て……おる」

はい、と忠光がかしこまる。

「そのことで、お伝えしておいたほうがよいかと存じました。主殿殿と加門にも聞かせておきたいのですが、お許し願えましょうか」

「よ、い」

家重の頷きに、忠光は「では」と背筋を伸ばした。

「目安の件でございます。目安の訴えはお取り上げになることが少ないようだと、加門、そなたも申したな。本当に目安は上様のお手元に渡っているのか、と」

顔を向けた忠光に、加門は低頭する。

「はっ、百姓から、いくども目安で訴えたがなんのお沙汰もなかったと聞いたものですから」

「うむ」忠光は家重に顔を向け直す。

「これは本丸のあるお人から聞いたことでございます。目安は確かに上様がお目通しされておられます。その中には、百姓が年貢を上げられたための厳しさを訴え、なんとか年貢を下げてほしいという訴えが多くあるようです。上様はそれをお読みになり、老中首座様にお見せになられているとのこと」

「松平乗邑様も御覧になっているのですか」

意次の問いに、忠光は頷く。

「うむ、目安を渡して、対処せよ、とお命じになっているとのこと。実は、このこと、上様の御側衆から聞き及びました」

なるほど、それならば確かな話……。加門は納得する。

忠光は家重を見る。

「去年、神尾春央様が勘定奉行となられてからは、神尾様にも年貢に関する目安をお見せしているそうです。なれど……」

忠光はごほんと咳払いをする。

「変わってはおりません。首座様も神尾様も、百姓にはなんら支障なし、年貢に問題なし、と上様にご報告をされているそうです」

「な、んと……」

家重の口が大きく歪む。

意次は膝の上で拳を握った。

「握りつぶしているということですか」

忠光はゆっくりと首を縦に振った。

「そういうことになりましょう。そもそも、以前から、そうされていたようす。越前守忠相様が町奉行をなさっていた頃にも、うすうす感づいてはいたようです。が、証し立てるものがなく、為《な》す術《すべ》がなかったというのが実状との話。問われても、善処していると言われてしまえば、他役の者が口を出すわけにもいかぬ、と」

なるほど、と加門と意次の口からつぶやきがもれた。

家重の頰が引きつる。

「ふ、とど……き、な……」

「真《まこと》に」忠光がかしこまる。

「されど、首座様を勝手掛に任命された以上、上様もお任せするほかはないのでござりましょう」

加門と意次は互いに顔を見合わせた。眉間が狭まった表情で、頷き合って息を吐く。

忠光は加門を見た。

「此度《こたび》の目安は、そなたが直に上様にお渡ししたのがよかった。探索を命じられたせいで、いろいろのことがわかったのは収穫よ。して、賄賂を得ているという役人は突き止めたのか」

「はい、御殿勘定所の支配役柏木巳之助という役人でした」

「そうか、よく調べた。では、探索はすんだということだな」

はあ、とためらいつつ加門は皆を見た。

「あと一つ、その柏木様が目付の衛藤様とどのような関わりであるか、それを確かめたく考えております。柏木様は縁戚と言われておりますが、それが真であるかどうか、を……」

「なるほど」意次が頷く。

「縁戚であれば、目付であろうともつながりを持つのはしかたがないが、他人であれば、裏があるということになる」

「まさしく」と、加門も頷き返す。

「明日、衛藤家先代の法要があるのです。縁戚であれば、柏木様も顔を出すやもしれません。それを確かめて参ります」

「ふむ、そうか」忠光は神妙な面持ちになる。

「それでことは明らかになるな。あとは上様のお沙汰を待つことになろう」

はい、と加門は忠光の曖昧《あいまい》な眼差しを見る。

果たして、上様がどこまでのお裁きをなさるのか……。その目はそれを案じているように見えた。


翌日。

頬被りをした加門は、籠を背負って中山道《なかせんどう》への道を歩いていた。股引《ももひき》姿にわらじ履き、籠の中には植木鋏や鎌などが入っている。

道は巣鴨村へと差し掛かり、道ゆく人々の姿もだんだん減っていく。それに反して、木々が増えていくのがわかった。巣鴨村は植木屋が多く、さまざまな樹木が育てられている。

加門は街道から逸《そ》れて、木々の茂るほうへと歩き出した。

全徳寺、とつぶやきながら加門は寺の山門を見て歩く。

門の中には堂宇《どうう》が見え、そのまわりに広がる墓地も窺える。

あ、と加門は足を止めた。

扁額《へんがく》に全徳寺の文字がある。

加門はそっと中へと入った。人の気配はなく、静まりかえっている。

法要はまだらしいな……。加門は広い墓地へと進んだ。

並んだ墓石の文字を一基ずつ、読んでいく。と、衛藤家という陰刻の文字が見つかった。

これか……。加門はそこから辺りを見まわす。と、少し奥に背の高い板碑《いたび》があるのを見つけた。なにかの供養碑らしい。加門はその裏へと回り込んだ。

首を伸ばすと、ちょうど衛藤家の墓碑が見える。

よし、ここで待とう……。籠を下ろして、加門はしゃがんだ。おそらく昼までには行われるはずだ。すんだあとで会席がもうけられ、中食《ちゅうじき》を取って散会となるだろう……。そう考えを巡らせる。が、加門ははっと横を見た。

並ぶ墓石の向こうに人影が現れたのだ。箒《ほうき》を動かしながら進む姿は、男に違いない。

寺男か、それとも別の者か……。加門は急いで籠の中の鎌を手に取り、雑草を刈り出した。それほどの草があるわけではないが、姿を自然に見せるにはそれしかない。

横から箒の音が近づいてくる。

加門は顔を上げると、頬被りの下から男を覗き見て、

「おはようござんす」

と微笑んだ。黒い法被《はっぴ》姿《すがた》の男は、しわ深い目元を弛めた。

「へえ、おはようさん」

その顔に邪気はない。

寺男だ……。ほっとする加門の横を、通り抜けて行く。背後でまた箒の音が鳴った。

ふうと息を吐いた加門は、今度は前のほうの音に気がついた。そっと顔を覗かせると、数人の人影が本堂から出て来るのが見えた。

加門は顔を引っ込め、息を潜ませる。

一行の足音が近づき、衛藤家の墓前に止まったのがわかった。

線香の香りが漂ってくる。

鈴《りん》が鳴らされ、読経がはじまった。

加門はそっと顔を出し、手を合わせる人々を覗き見る。僧侶のすぐうしろに立つのは衛藤信房、その隣は髷を切り落とした刀自《とじ》だ。信房の母に違いない。その背後には女。これは信房の妻であろう。隣には妻の両親らしい年配の夫婦が立つ。最後尾に並ぶのは中年の男女だ。信房の姉弟と見える。

加門は一同を改めて順に見る。柏木の姿はない。

縁戚というのは嘘か、裏のつながりでもあるのだろうか……。加門は首を引いて、耳だけを傾けた。

読経は終わり、人々のざわめきが起きた。僧侶への礼をそれぞれが口にして、足音がぞろぞろと遠ざかって行く。一行は、そのまま山門から出て行った。料理茶屋にでも行くのだろう。

加門は板碑から顔を出し、立ち上がろうと腰を上げた。が、すぐにそれを下ろした。山門から、男が入って来る。

柏木だ。

再び板碑のうしろに隠れ、加門は息を詰めた。

柏木が墓のほうへ歩いて来る。と、そのあとをもう一人の足音が追って来た。

「巳之助」

そう柏木の名を呼んだのは衛藤信房だった。

柏木は姿勢を正して、礼をする。

「兄上、お知らせいただきありがとうございました」

柏木の言葉に、衛藤の声が返される。

「いや、すまぬな、法要に出してやれずに。母上は頑《かたく》なでな」

「いえ、わかっております。側女《そばめ》の子など、見たくはないでしょう。わたしはこうして父上の墓前に手を合わせられるだけでもうれしく思います」

加門は声が洩れそうになる喉を押さえた。

兄弟ということか……巳之助は側女に産ませた子で、柏木家に養子に出したという図式か……。加門は唾とともに、得心を腹に落とした。

二人は墓前に手を合わせているらしい。

「父上はそなたをかわいがっておられたからな」

衛藤の声に柏木が答える。

「はい、七歳まででしたが、父上の大きな手はよぅく覚えております」

「母上の仕打ちは、申し訳のないことだと思うておる」

「いいえ、幼い頃には実の母と思うておりましたが、後にことの真相を知り、致し方のないことと納得いたしました」

「そうか……」

二人のあいだに言葉が交わされている。そのやりとりが足音とともに、遠ざかって行った。山門を出て行くようだ。

加門はそれを聞きながら、はっと立ち上がって、辺りを見まわした。

柏木が来ているということは……。そう思った瞬間、人影が現れた。

「やはり来ていたな」

黒鍬者の北田藤太だ。中間《ちゅうげん》の姿で、懐に右手を入れている。

「ああ、そっちもな」

加門も懐に手を入れる。

互いの手が、外に出る。どちらの手にも短刀が握りしめられていた。

加門は、ふっと笑った。

士分ではない黒鍬者は、剣の腕では武士に敵《かな》わない。今度は剣ではなく、別の物を使うはずだ、という読みが的中したのだ。

「今度こそ勝負をつける」

藤太も不敵な笑みを浮かべる。が、加門はさらに冷ややかな笑いを見せた。

「わたしを斬ってもむだだ。すでに調べたことは上に告げてある」

「なんだと」

藤太は短刀をかざす。と、すぐに声を笑いに変えた。

「はっ、いいさ、上がどうなろうと、こっちの知ったことではない。それよりも御庭番を殺《や》れば、一目《いちもく》置かれる。黒鍬衆の力が知られるというものだ」

はぁっ、と藤太が飛び上がった。

短刀が真上に上がる。

そのまま頭頂に下ろすつもりらしい。

加門は横に飛び退いた。

板碑にぶつかって、反対側に身をよける。

藤太の刀がそれを追う。

加門は、墓石の上へと飛び上がった。

そこから藤太の背後に下りる。

加門は籠の中から、鎌を取り上げた。鎌の持ち手には、輪にした紐が付けてある。

それを左の手首に通すと、鎌を握る。

右に短刀、左に鎌を握って、加門は藤太に向かい合った。

「そうくるか」

藤太は短刀を両手で握り直すと、身をかがめた。刃先をこちらに向け、狙いを定めている。

腹をひと突きする気だな……。加門は両手を前で交差させた。

とうっ、と藤太が突っ込んで来る。

加門は相手の刀を鎌で払う。

互いの身体が回り、入れ替わった。

加門はうしろにじりじりと下がる。

もう少し下がれば、墓石のない広い場所に出る、そう見当がついていた。

そうはさせじ、と藤太が踏み込む。

加門は手首の鎌で前を防ぐ。

身をかがめた藤太は、加門の脚に切りつけた。ガッという音が鳴る。股引が裂けて、脛《すね》に巻いていた鉄板が顕わになった。

加門がその脚を蹴り上げ、藤太の鳩尾《みぞおち》に入れる。

くっ、と身をよじった藤太の手首を、加門は鎌の背で狙った。が、藤太がそれをよける。

「御庭番はこそこそ嗅ぎまわるだけかと思っていたが、こんなことまでするとはな」

藤太は唾を吐くと、短刀の刃を上に向けた。その先は加門の脇腹を狙っている。

加門は右手の短刀を捨てると、鎌を両手で握り直した。

投げられた短刀が墓石に当たって音を立てる。藤太の目がそちらに向いた。

隙だ……。加門は鎌を横に持つ。

それに気づいた藤太は慌てて構え直し、地面を蹴った。

いやぁあっ、身体ごと向かってくる藤太の腕に、加門は鎌の背を打ち下ろす。

骨の折れる音が鳴り、手から刀が落ちた。

声にならない呻きが洩《も》れる。

加門はうしろに引いた。

「張り合うつもりはない」

そう言うと、籠を拾い上げた。

「きさまっ……」

藤太はよじった身体で、顔だけを上げる。

加門は見返すことをせず、籠を背負うと歩き出した。

「覚えておれ」

藤太の声が、墓石にぶつかってこだました。

五

江戸城本丸、雪の間。

誰も近づかないこの部屋で、加門は膝の前に置いた書状をじっと見つめていた。昨日、半日をかけて書き記したものだ。

そのうつむけていた顔を、加門は上げた。　廊下のずっと先から、足音が聞こえてくる。聞き慣れた将軍吉宗のものだ。

加門は耳をそばだてると、やはり勢いがなくなられたな、と胸中でつぶやいた。

身体の大きな吉宗は、その足音も大きかった。が、すでに五十五歳。おまけに、この数年、片腕と頼みにしていた側近を相次いで亡くしている。政務を支えてきた御側《おそば》御用取次《ごようとりつぎ》役で、残っているのは一人のみだ。

それゆえに乗邑様に重い御役を任せられたのだろうな……。加門は思いを巡らせる。

足音が近づき、止まる。

襖を開ける音と同時に、加門は低頭した。

「よい、面《おもて》を上げよ」

は、と加門は上体を起こした。

「山瀬勝成の目安の件、探索が終わりましたので、ご報告に」

「そうか、して、なにがわかった」

「はい、まず、百姓衆の年貢に関しては、率が上がって以来、困窮の度合い深く、娘らを売ることがまかり通っていると、聞き及びました」

「ふむ」

吉宗の声が重い。

加門は額に汗がにじむのを感じながら、言葉を続ける。

「米相場のほうは、値上がりしたことで町人はやりくりに腐心しているとのこと。子らに満足に食べさせることができぬ、と聞きました」

「ふむ、そうか」

その声はさらに重くなる。

「米問屋三登屋の不正、ならびにそこから賄賂を受けているという役人に関しましては、ここに……」

加門は書状を両手で掲げ、差し出す。

「探索の幅が広く、人の名もありますので、ここに書き記して参りました」

吉宗はそれを受け取ると封を開き、巻かれていた中の書状をはらりと伸ばした。

文字を追う吉宗の目が、徐々に厳しくなっていくのを、加門は上目で窺う。

吉宗の手の上で、書状が流れていき、最後まで来て止まった。

加門がおそるおそる伏せていた顔を上げる。

吉宗の眉は寄り、その口も曲がっている。が、加門の視線に気づき、その口を開いた。

「よう調べた」

そう言いつつ、書状をいらだたしげに両手で丸める。

「目安を書いた者を殺させたのは、この勘定所の役人なのだな」

「はい、不正発覚を恐れ、浪人に命じたようです」

加門は顔を伏せた。

斬った男が黒鍬組の北田藤太であることは記さなかった。ただ命じられただけの者が死罪となることに、どこか釈然としないものを感じたからだ。そのため、目付の衛藤についても触れていない。御留山でのことは、もう少し時を見て伝えるべき、という父の意見も聞き入れた。

「不届きなことよ」

吉宗の潰れたような声に、加門は思わず首を縮める。それを見て、吉宗は気を取り直したように、息をふっと吐いた。

「御苦労であった」

「いえ、未熟ゆえ時がかかりまして、お詫びを申し上げます」

「なに、よい……加門、そなた、まだ見習いか」

「はい」と首を伸ばす。

「父がまだお役に就《つ》いておりますので」

「そうか、見習い以上の仕事であるぞ、ほめてとらす」

「はっ、ありがたきお言葉」

平伏する加門に、

「励めよ」

と、言いながら吉宗は、ゆっくりと立ち上がった。

部屋を出て行く白い足袋《たび》を見送って、加門は大きな息を落とした。

しかし、と身を起こしながら、遠ざかって行く足音に顔を巡らせる。

また首座様に対処を一任されるとすると、どうなるか……。加門は眉を寄せて部屋を出る。

いや、わたしの考えることではない、さ、次は西の丸だ……。そうつぶやきながら、加門は御広敷の庭へと向かった。


二日後。

医学所に向かうために家を出た加門は、目の前を駆けていく男にぶつかりそうになって足を止めた。

見れば、多くの人が同じ方向に走っていく。

なんだ、と加門もその流れに沿って、歩き出す。

「三登屋が米を配っているんだとよ」

その声に、目を見開く。

早足で進む男達のうしろに加門も付いて、交わされるやりとりを聞いた。

「へえ、急になんだってんだい」

「昨日、三登屋の主が奉行所にしょっぴかれたらしいぜ」

「ああ、聞いた聞いた、なんでも下米を混ぜて高値で売ってたっていうじゃねえか」

「おう、それよ、それがあっという間に知れ渡ってよ、みんな怒り出したってわけさ、あたりまえだってえんだ」

加門はその男達のあいだに割って入った。

「それは、昨日のことなんですか」

「ああ、そうさ、なんでも、夕方、お役人がお縄をかけて連れて行ったってえ話だ」

「おう、深川の留公《とめこう》は見たって言ってたぜ」

隣の男も頷く。

男達の足が勢いづく。

加門もそれに合わせて小走りになった。

「それで、どうして三登屋が米を配ってるんです」

「ああ、そりゃ、怒ったみんなが押し寄せたからよ。そりゃぁそうだろう、そんな米を買わされていたやつらは黙っちゃいねえよ」

「打ち壊しになりそうで震え上がったんだろうよ、へん、ざまあねえや」

もう一人が面白そうに言うと、

「ああ、へたをすりゃ高間伝兵衛の二の舞だ、慌てて米蔵を開けたって寸法さ」

加門を見て、男がははは と笑う。

大川に近づくに従って、道を走る人の数が増えていく。

皆、深川に渡る永代橋に向かって行く。

「ぼやぼやしてるとなくなっちまうぜ」

男達の足が疾走になる。

加門はさすがに足を緩めた。が、そのまま流れに乗って永代橋を渡る。

佐賀町にはすでに人集《ひとだか》りができていた。

三登屋の前でそれが塊《かたまり》となり、わぁわぁと声が上がっている。

「米よこせ」

「ふざけやがって」

「こら、主、出て来い」

口々に叫ぶ群衆に、三登屋の手代達が頭を下げる。

「主はお奉行所でして」

「皆さん、並んでください」

「米はまだあります」

米俵から米をすくって、人々が持つざるや布袋に入れていく。

加門は人集りから離れて、遠巻きにそれを眺めた。外の輪には、面白そうに首を伸ばしている野次馬も多い。なかには町奉行所の同心らもいる。

加門はそっと黒羽織の同心らに近づいた。

若い同心が、怒声を上げる群衆を見ながら隣の年配に言う。

「ああ、殴り合いになっている、いいんですか、ほうっておいて」

「いいのだ。打ち壊しにならぬ限りほうっておけと、上からのお達しだ」

「はあ、さようで……」

若い同心が首をかしげると、年配は苦笑を見せた。

「町人どもはよい憂さ晴らしになるだろうよ」

「ああ、なるほど」

と、若い同心は手を打つ。

そうか、と加門も得心する。怒りの矛先《ほこさき》を米問屋に向ければ、御公儀への不満が逸れる。巧みだな……。

「しかし」若い同心がまた口を開いた。

「勘定所の役人が結託していたというのは、本当なんでしょうか」

「うむ、評定が開かれることになったのだ、それなりの証しがあるのだろう」

加門は息を呑む。

若い同心は肩をすくめた。

「米問屋と組めば濡れ手に粟ということなんですかね」

「それはそうだろう、米蔵は金蔵と同じだ」

「ですが、御殿詰めならば不自由はないでしょうに」

首を振る若い同心に、年配はふっと笑った。

「御殿詰めの方々は格式争いで大変らしいぞ。見栄を張らねば見下されると聞いたことがある」

「うへえ、そりゃ難儀だ。わたしら八丁堀《はっちょうぼり》くらいが気楽でいいってことでしょうかね」

「そういうことだな」

笑い合う同心らからそっと離れ、加門は永代橋へと向かった。

ざわめきを背中に聞きながら、加門は同心らのやりとりを反芻《はんすう》する。

評定所は武士を裁くための場だ。柏木が詮議《せんぎ》を受けることになったに違いない。

上様、お早い……。つぶやいた加門の口元が弛む。その口が広がり、笑いに変わる。

大川の川面に、加門の笑い声が吸い込まれていった。


両国回向院の墓所に、加門は立った。小さな土饅頭《どまんじゅう》に、山瀬勝成と書かれた木札が立っている。その前に、風で散った線香の燃えかすがある。

加門は手にしていた線香の束をその上に載せ、手を合わせて瞑目《めいもく》した。

「や、そなたは……宮地加門殿か……」

背後から声がかかる。声の主は山瀬の友、村井平四郎だった。

「ああ、これは村井様、ご無沙汰を」

礼をする加門に、村井も深く頭を下げる。

「いや、山瀬殿の長屋に行ったら、宮地殿が始末をしてくれたと聞いた。かたじけないこと」

いえいえ、と加門は手を振った。

村井もしゃがんで線香を供えると、山瀬の木札に笑みを向けた。

「山瀬殿、三登屋は重追放になったぞ。御殿勘定所の柏木様も遠島だ。そなたを斬らせたのは、柏木様の策であったということも判明したからな。そなたの目安は生かされたのだ……ああ、いや……」

村井はすぐに立ち上がり、加門に向いた。

「そうであった、目安を出してくれたのは宮地殿であったな。三登屋の沙汰も柏木様の沙汰も、おそらく勝成殿の目安が訴えたことによるもの。山瀬殿に代わって、改めて礼を申す」

加門は素知らぬふうを装う。

「そうなのですか。それはよかった」

「うむ、これで山瀬殿も浮かばれるであろう。御役を降りてまで訴えたのだ。その甲《か》斐《い》があったというものよ。まあ、死なずにおればなおよかったのだが」

木札を見つめる村井に、加門も頷く。

「そうですね、死ぬには惜しいお方……わたしももっと早くに出会えればよかったと思います」

そうすれば、殺される前になんとかできたかもしれない……。そう思って、加門は息を吐く。

「いや、悔いてもはじまらん」村井は上を向いた。

「わたしも山瀬殿を見習って、もう少し、言うべきことを言うぞ」

が、すぐに木札に向いて苦笑した。

「まあ、ぼちぼちと、だがな」

その弛んだ言い方に、加門が笑いをもらす。

村井もそれにつられて笑顔になった。

医学所の講義が終わって、加門は外に出た。と、加門は「うわ」と身を反らせた。

意次がそこに立っていたのだ。

ははは、と笑いながら、意次は顔を寄せてきた。

「いっしょに品川《しながわ》に行こうと思って待っていた」

そう言って、加門の袖を引く。

「品川とは、なにかあるのか」

加門は意次と並んで、日本橋の町を抜ける。

「尾張《おわり》様が参勤交代《さんきんこうたい》で江戸に入られるそうだ」

意次の言葉に、へえ、と加門は目を瞠った。

尾張様とは、藩主徳川宗春《むねはる》のことだ。吉宗の下した質素倹約令に反した方策をとり、公儀からは睨まれ、対立が続く。質素倹約の弊害《へいがい》を説き、遊興や贅沢《ぜいたく》を肯《がえ》んじた著書『温知政要《おんちせいよう》』は、刊行禁止の措置《そち》も受けたほどだ。去年、加門と意次はその本を入手するように家重から命じられ、それを果たした。二人も『温知政要』を読んだことから、宗春には関心を持っていた。

この江戸入りの行列でどう出るか、と意次は確かめたかったに違いない。加門はそう納得し、同じ気持ちになった。

芝《しば》を抜けて、二人は海沿いの品川宿で足を止めた。

西から下って来る一行は、この道を通って江戸へと入る。

大名行列は、町衆から嫌われもするが、面白がられもする。

お辞儀をするのが面倒だと思う者はさっさと家の中に入り、やり過ごす。逆に面白がる者は、わざわざ道に集まって、低頭しながらも見物する。

二人はその見物衆に混じって、道端に場所を取った。

道の向こうに槍が見え、行列が近づいてくるのがわかった。

「下にぃー、下にぃー」

先頭から声が響き渡る。

皆が首を伸ばし、頭を並べて覗く。

地元の者らしい男達が、こそこそと言葉を交わしはじめた。

「なんだ、今度の行列は地味だな」

「ああ、前みてえに派手かと思ったのにな、つまらねえ」

「ああ、さすがの尾張公も御公儀には逆らえなくなって、お国許《くにもと》でも倹約令が出されたってえ話だぜ」

そこに別の男がちっちっと舌を鳴らす。

「それだけじゃねえよ、喪中《もちゅう》だからだよ」

「喪中……」

「ああ、去年、お生まれになった御嫡男が、つい先月、亡くなったたってぇ話だぜ」

「御嫡男なのかい、ほかにもお子がいたろうよ」

男達の声に、加門と意次が耳を澄ませる。

「ほかにも息子や娘がいたんだが、みんな死んじまったたってえこった」

「へえ、江戸屋敷でかい」

「そうさ、だからさ、おかしな話も出るのよ、次から次に死ぬなんて、裏になんかあるんじゃねえかってな」

「そうそう、尾張は今の公方様《くぼう》が選ばれる前にも、藩主が次々に死んだからな」

「しいっ、滅多《めった》なことを言うんじゃねえ」

横の男がその男の脚を叩く。

叩かれた男は、口を押さえた。

加門と意次はそっと目を見交わす。

行列は目の前にやって来た。

「なんだ、今年の行列はしけてるなあ」

他からも声がもれる。

他藩と変わりのない質素な行列が通り過ぎて行く。

加門と意次は、そっとうしろに下がり、野次馬の列を離れた。そのまま浜へと続く路地へと入って行く。

「なんとも、町衆というのはなんでもよく知っているな」

意次のつぶやきに加門も頷く。

「ああ、城中の者は口が重いが、ひとたび話が町に洩れれば瞬く間に広がる、ということだろう」

「しかし、あのような噂が広まっていたとは……油断できぬな」

「ああ、この先もなにが起きるか……」

二人は足を止めた。

目の前に海が広がった。青い海原に、少しだけ白波が立っている。

「舟で両国に戻るか。それで道場に行くというのはどうだ」

意次が小舟を指さすと、加門も頷く。

「そうだな、腕を磨かねば……よし、ではそのあとは湯屋だ、汗を流そう」

「おう、よいな、では、湯屋のあとはうまい物だ」

「それはさらによいな、ついでに此度の苦労話も聞いてくれ」

「苦労話か、それは聞かねばな、よし、奢《おご》るぞ」

「本当か、では急ぐぞ」

加門は浜を走り出す。

「おい、待て」

意次もそのあとに続いた。

時代小説
二見時代小説文庫

上様《うえさま》の笠《かさ》 御庭番《おにわばん》の二代目《にだいめ》3

著者 氷月《ひづき》 葵《あおい》

発行所 株式会社 二見書房
東京都千代田区三崎町二—一八—一一
電話 〇三—三五一五—二三一一［営業］
〇三—三五一五—二三一三［編集］
振替 〇〇一七〇—四—二六三九

印刷 株式会社 堀内印刷所
製本 株式会社 村上製本所

 ISBN978—4—576—17008—4
http://www.futami.co.jp/

二見時代小説文庫

公事宿 裏始末2 気炎《きえん》立つ
氷月 葵［著］

江戸の公事宿で、悪を挫き庶民を救う手助けをすることになった数馬。そんな折、金持ちしか相手にせぬ悪名高い四枚《しまい》肩の医者にからむ公事が舞い込んで……。

公事宿 裏始末3 濡れ衣奉行
氷月 葵［著］

材木石奉行の一人娘・綾音は、父の冤罪を晴らすべく公事師らと立ち上がる。牢内の父からの極秘の伝言は、濡れ衣を晴らす鍵なのか!? 大好評シリーズ第3弾！

公事宿 裏始末4 孤月の剣
氷月 葵［著］

十九年前に赤子で売られた長七は父を求めて、十五年前に十歳で売られた友吉は弟妹を求めて、公事師らと共に闘う。俺たちゃ公事師、悪い奴らは地獄に送る！

公事宿 裏始末5 追っ手討ち
氷月 葵［著］

江戸にて公事宿暁屋で筆耕をしつつ、藩の内情を探っていた数馬。そんな数馬のもとに藩江戸家老派から刺客が!? 己の出自と向き合うべく、ついに決断の時が来た！

つけ狙う女 隠居右善《うぜん》 江戸を走る1
喜安幸夫［著］

凄腕隠密廻り同心・児島右善は隠居後、人気女鍼師《はりし》の弟子として世のため人のため役に立つべく鍼の修行にいそしんでいた。その右善を狙う謎の女とは――!?

妖《あや》かしの娘 隠居右善 江戸を走る2
喜安幸夫［著］

江戸では、養女の祟《たた》りに見舞われたと噂の大店《おおだな》質屋に不幸が続き、女童《めわらべ》幽霊も目撃されていた。そんなか探索中の右善を家宝の名刀を盗られたと旗本が訪れて…

閻魔の女房 北町影同心1
沖田正午［著］

巽真之介は北町奉行所で「閻魔の使い」とも呼ばれる凄腕同心。その女房の音乃は、北町奉行を唸らせ夫も驚くほどの機知にも優れた剣の達人！ 新シリーズ第1弾！

過去からの密命 北町影同心2
沖田正午［著］

音乃は亡き夫・巽真之介の父である元臨時廻り同心の丈一郎とともに、奉行直々の影同心として働くことになった。嫁と義父が十二年前の事件の闇を抉り出す！

挑まれた戦い 北町影同心3
沖田正午［著］

音乃の実父義兵衛が賂《まいない》の罪で捕らえられてしまう。無実の証を探し始めた音乃と義父丈一郎だが、義父もあらぬ疑いで…。絶体絶命の音乃は、二人の父を救えるのか⁉

目《め》眩《くら》み万両 北町影同心4
沖田正午［著］

北町奉行所の吟味与力が溺死体で見つかり自害とされたが、奉行から音乃と義父・丈一郎にその死の真相を探るよう密命が下る。背後に裏富講なる秘密組織が浮かび…。

千葉道場の鬼《おに》鉄《てつ》 時雨橋あじさい亭1
森真沙子［著］

父は小野派一刀流の宗家、「着物はボロだが心は錦」の六尺二寸、天衣無縫の怪人。幕末を駆け抜けた鬼鉄こと山岡鉄太郎（鉄舟）の疾風怒涛の青春、シリーズ第1弾

隠密奉行 柘植《つげ》長《なが》門守《とのかみ》 松平定信の懐刀
藤水名子［著］

江戸に戻った柘植長門守は、幕府の俊英・松平定信から密命を託される。伊賀を継ぐ忍び奉行が、幕府にはびこる悪を人知れず闇に葬る！ 新シリーズ第1弾！